UNIVERSITÉ IMPÉRIALE

COLLEGE DE COLOGNE.

Cours 1812—1813.

Thème français

PRIX

décerné pour les dernières compositions

au Sieur *Grell Schmid*

natif de *münster*

Élève de l'École de 1ᵉʳ Degré *5ᵉ* Classe.

Cologne le 16 *Août* 1813.

Le Principal

de heinsberg

MÉLANGES

DE LITTÉRATURE

ET

DE PHILOSOPHIE.

Se trouve à Berlin , chez DUNKER et
HUMBLOT.

OUVRAGE

Du même auteur qui se trouve chez le même Libraire.

Tableau des Révolutions du système politique de l'Europe,
depuis la fin du quinzième siècle.

MÉLANGES

DE LITTÉRATURE

ET

DE PHILOSOPHIE;

CONTENANT

Des Essais sur l'Idée et le Sentiment de l'Infini; sur les grands Caractères; sur le Naï et le Simple; sur la Nature de la Poésie et la Différence de la Poésie ancienne et moderne; sur le caractère de l'Histoire et sur Tacite; sur le Scepticisme; sur le Premier Problème de la Philosophie; sur les derniers Systèmes de Métaphysique en Allemagne;

PAR F. ANCILLON,

MEMBRE DE L'ACADÉMIE ROYALE DES SCIENCES DE PRUSSE.

TOME I.

PARIS,

CHEZ F. SCHOELL, RUE DES FOSSÉS S. G.-L'AUXERROIS, N. 29,
ET CHEZ H. NICOLLE, RUE DES PETITS-AUGUSTINS, N. 15.

1809.

PRÉFACE.

L'ALLEMAGNE présente un contraste frappant, et ce contraste forme un phénomène rare dans l'histoire du monde. Il n'y a jamais eu de véritable unité politique dans cette vaste et belle contrée; dans ce sens, si l'on veut, les Allemands n'ont pas été une nation; mais il y a toujours eu chez eux une grande unité dans la marche des sciences et dans la couleur dominante de la littérature, et les Allemands ont toujours été et sont encore une nation, sous le rapport du génie

national ; génie dont il seroit également difficile de méconnoître et
d'effacer les caractères distinctifs,
et qui atteste l'action toute-puissante d'une origine commune, et
surtout d'une langue-mère , riche,
variée, flexible, qui se doit tout à
elle-même, qui recèle dans son
sein des trésors secrets, et qui , malgré le degré de perfection auquel
elle est parvenue, est encore susceptible d'un perfectionnement indéfini.

Aussi, quoique l'Allemagne et la
France se touchent, et quelque
nombreuses et diverses qu'aient été
les relations des deux peuples, rien

ne se ressemble moins que la littérature françoise et la littérature allemande ; rien surtout de plus opposé que la philosophie des deux nations. Chez l'une, l'expérience est sur le trône, chez l'autre, la raison pure. Les moyens diffèrent ainsi que le but, et comme on part d'un point différent, on ne peut pas se rencontrer dans les conséquences, ni arriver aux mêmes résultats.

Depuis que la philosophie cartésienne a été ensevelie dans un injuste oubli, surtout depuis Condillac qui a exagéré les principes déjà trop exclusifs de Locke qui,

prenant l'occasion de tout pour la
cause de tout, a placé dans la sensation la source unique de nos
connoissances, et qui s'est imaginé
qu'en analysant le secret du langage il découvriroit la nature intime et mystérieuse de la pensée,
l'empirisme absolu et exclusif a été
la seule philosophie qui ait trouvé
grace en France. On a cru ne rencontrer de la réalité et de la certitude que dans l'expérience ; on
n'a vu dans le travail de la réflexion
et de la raison, que des sensations
élaborées, épurées, métamorpho-
sées, généralisées ; on n'a connu
que deux moyens de parvenir à la
vérité, les observations et les ex-

périences, et le chef-d'œuvre de la science a paru être de constater et de ratifier les arrêts du simple bon sens [1].

Le rationalisme a toujours été la philosophie favorite des Allemands, surtout depuis que le génie éblouissant de Leibnitz eut donné aux esprits une forte impulsion, par ses idées neuves, hardies, originales sur l'univers. C'est dans la raison

[1] Depuis quelques années d'excellens esprits et des écrivains du premier mérite, tels que M. Degerando et autres, ont modifié l'empirisme de Condillac, et ont tâché de donner une nouvelle direction aux idées.

seule qu'on a été chercher ses principes; on l'a interrogée pour juger
l'expérience; mais donnant dans
l'excès opposé à celui que l'on combattoit, on a abusé de la raison.

En Allemagne aujourd'hui, le
ton dominant de la philosophie est
de mépriser l'expérience , de ne voir
en elle qu'une suite de phénomènes
variables, passagers, dépendans les
uns des autres, qui n'offrent aucune
espèce de réalité , et qui ne peuvent, vu leur dépendance continuelle de quelque chose d'antérieur
à eux, servir de base et de point
d'appui aux connoissances humaines. Selon l'esprit des nouveaux

systèmes, il n'y a de vérité que
dans l'unité; l'unité ne peut se
trouver que dans une existence absolue et inconditionnelle; la raison
seule peut la saisir, et elle la saisit
en elle-même, par une espèce d'intuition intellectuelle, dégagée de
tout alliage. La vraie philosophie
est la science du tout; cette science
consiste dans celle de l'unité absolue qui se manifeste sous les formes variées et innombrables des
différens êtres; ces êtres n'existent
pas réellement. Ce sont des apparences liées ensemble, qui se supposent les unes les autres, qui donnent naissance à une multitude de
rapports, et par conséquent d'idées

relatives; mais toutes ces idées relatives vont se perdre dans l'absolu;
lui seul en est le principe et la
clef, il les fait paroître et disparoître; il leur donne une réalité apparente, lui seul a la véritable.

Dans l'empirisme françois, la faculté de sentir est la seule faculté
de connoître; dans la nouvelle philosophie allemande, la seule faculté
de connoître est la raison. Dans la
première, en partant de ce qu'il y
a de plus individuel, on s'élève par
degrés aux idées, aux notions générales, aux principes; dans la seconde, on commence par ce qu'il
y a de plus général, par l'universel

même, et l'on descend aux êtres individuels et aux cas particuliers. Là tout ce qu'on voit, ce qu'on touche, ce qu'on sent, est seul réel; ici il n'y a de réel que ce qui est invisible et purement intellectuel. Dans l'un de ces systèmes, la science ne consiste que dans la connoissance des êtres finis, et l'on conclut du fini à l'infini; dans l'autre, il n'y a de science, que la science de l'infini, et les êtres finis ne sont que des limitations de l'infini qui dérivent et naissent de son sein, et que l'on ne sauroit comprendre, qu'après l'avoir compris lui-même. Pour les philosophes empiriques, l'univers n'est qu'un ensemble de rap-

ports, et toutes les idées sont relatives; pour les philosophes qui n'in-
voquent et ne consultent que la
raison, l'univers n'est qu'un reflet
de l'absolu; l'idée de l'absolu est
la seule qui ait de la réalité.

Ces deux genres de philosophie
présentent tous deux une pétition
de principe. Dans l'empirisme,
on pose en fait ce qui est en
question; non-seulement on suppose que tout dans l'économie spirituelle de l'homme n'est que sensation pure, et que tout dérive
d'elle, mais encore on admet qu'il
y a de la réalité dans le monde sensible et dans les sensations; dans le

rationalisme, on part de l'idée qu'il existe une raison pure, indépendante, qui produit par elle-même et sans aucun concours étranger la réalité, et que cette réalité consiste uniquement dans ce qui est un et absolu.

Les deux systêmes résultent tous deux de l'exagération d'une idée vraie. Comme ils procèdent par voie d'exclusion, ils ne sont vrais qu'à moitié; ils sont vrais dans ce qu'ils admettent, et faux dans ce qu'ils rejettent. Tout commence par la sensation, ou tout paroît commencer par elle, mais delà il ne s'ensuit pas que tout résulte d'elle, ou

que même tout consiste en elle.
L'activité propre et intérieure de
l'ame entre pour beaucoup dans le
travail qui produit nos représentations, nos sentimens, nos idées ;
la raison reeèle des principes qu'elle
n'emprunte pas du dehors , qu'elle
ne doit qu'à elle-même, que les
impressions des sens sollicitent à sortir de leur obscurité, et qui, bien loin
de devoir aux sensations leur origine,
servent à les apprécier , à les juger, à
les employer. Mais on auroit tort
d'en conclure qu'il n'y a de certitude que dans la raison, que la
raison peut seule saisir le mystère
des existences et la nature intime
des êtres , et que l'expérience n'est

qu'une vaine apparence, dénuée de toute espèce de réalité.

La haute philosophie consiste aussi peu dans l'empirisme, que la solution d'un problème consiste dans le problème même. L'empirisme est un fait; la philosophie doit être la raison de ce fait; mais quel que soit le systême de philosophie que l'on crée ou que l'on adopte, on ne peut et l'on ne doit jamais faire disparoître ce fait entièrement; car ce seroit s'enlever à soi-même la seule base qui puisse porter nos constructions intellectuelles.

Ce n'est pas au bon sens qu'il faut

en appeler dans les questions de
cet ordre. Le bon sens consiste à
vivre au milieu du monde sensible
et dans le monde de ses représentations; à les voir, les juger, les
employer, sans demander si elles
nous donnent la réalité, sans se
douter même de la possibilité de
cette question. Le bon sens est
aussi un fait, la philosophie tâche
de saisir sa nature et de l'expliquer. Il ne faut jamais prendre le
fait pour la raison du fait, et il
ne faut jamais que la raison du
fait consiste à nier son existence,
ni qu'elle soit incompatible avec lui.

Il sera toujours vrai de dire que

des êtres doués de telles et telles facultés, voient, jugent, expliquent le monde sensible ou phénoménique de telle ou telle manière; le bon sens sera toujours le bon sens, mais le bon sens n'expliquera jamais pourquoi il opère de cette manière plutôt que d'une autre, ni ce qu'il acquiert ou possède en opérant ainsi.

Placé entre la France et l'Allemagne, appartenant à la première par la langue dans laquelle je hasarde d'écrire, à la seconde par ma naissance, mes études, mes principes, mes affections, et, j'ose le dire, par la couleur de ma pensée, je dé-

sirerois pouvoir servir de médiateur
littéraire ou d'interprète philosophique entre les deux nations; mais
ce beau rôle suppose une réunion
de qualités qui me manquent. Au
défaut des titres qui seuls peuvent
justifier une entreprise pareille et
en assurer le succès , simple ci-
toyen de la république des lettres ,
j'ai le droit de voter dans les grandes questions qui l'occupent, et de
motiver mon opinion.

Les essais que j'offre au public ,
sont bien loin de présenter l'ensemble d'un système ; cependant le
lecteur attentif découvrira facilement l'identité des principes qui y

règnent et qui les ont dictés. Selon
moi, toutes les recherches que nous
faisons sur la certitude et la réalité,
vont se rattacher et aboutir finalement, au fait primitif de la conscience de nous-mêmes. Il ne nous
est pas donné au-delà, ni de nous
élever au-dessus de nous-mêmes
dans un sens strict et rigoureux.
Ce fait primitif nous offre l'union
mystérieuse mais incontestable du
visible et de l'invisible, du condi-
tionnel et de l'absolu, de ce qui
est éphémère et de ce qui est éternel, du fini et de l'infini. La conscience du moi est le point central
dans lequel les deux mondes se
lient, se distinguent en se confon-

dant l'un avec l'autre, et se confondent en se distinguant l'un de l'autre, sans que nous puissions déterminer avec précision ce qui appartient à chacun d'eux, ni les séparer entièrement.

Là commence un abyme : il faut le respecter ! Vouloir se retirer de ces difficultés, en niant l'existence du fini ou celle de l'infini, ce seroit trancher le nœud par un acte arbitraire et violent; ce seroit se renier soi-même, ce seroit tomber dans un matérialisme grossier ou dans un idéalisme mystique. Vouloir développer la nature de l'infini et expliquer comment il enfante

les êtres finis, c'est vouloir comprendre Dieu et la création, ou
plutôt c'est se constituer Dieu dans
le délire de ses pensées, et créer
l'univers.

La vraie philosophie est plus
modeste. Il faut prendre l'esprit de
son état, et se résigner à sa condition d'homme. Cette condition
détermine notre place, entre le
monde intellectnel et le monde
sensible, entre l'infini et le fini, entre le moi et l'être absolu. Le moi
est le point de départ de notre
philosophie; l'être absolu est son
point d'arrêt et son dernier terme;
les sens nous font connoître les ob-

jets finis; la raison nous annonce et nous révèle l'infini. Il ne faut pas croire que le monde sensible soit l'univers, ni que tout se réduise à des sensations; il ne faut pas augurer trop de la raison, et, après l'avoir employée à détruire tous les êtres sous le nom d'apparences et de phénomènes, s'imaginer qu'elle trouvera en elle-même, et en elle seule, la réalité. On ne peut pas concevoir l'existence des êtres finis sans admettre l'infini, mais on doit encore moins se flatter de concevoir l'infini, et c'est se jouer de soi-même que d'employer cette notion à s'anéantir. En se concentrant dans le monde sensible sans

admettre, ni même soupçonner rien
qui soit au-dessus ou au-delà de lui,
on croit tout comprendre, et l'on
ne comprend rien ; on croit tenir
quelque chose, et tout vous échappe.
Les idées du monde intellectuel,
seules éternelles, offrent seules à la
raison humaine un point d'appui
fixe et immuable. En méprisant le
monde sensible et en le regardant
comme une vapeur sans consistance,
on s'ôte les moyens de saisir les
idées intellectuelles, et ceux de
les appliquer ! Faute d'un corps et
de traits, elles-mêmes s'évanouissent ou se volatilisent. Elles ont besoin d'être liées à quelque chose de
sensible, elles demandent des for-

mes et des types pour agir sur
nous.

La différence qui se trouve entre
la philosophie françoise et la philosophie allemande , relativement
aux principes et à la solution du
problème de l'origine et de la réalité de nos connoissances , devoit
avoir une grande influence sur la
philosophie des mœurs chez les
deux nations, et cette influence est
frappante et sensible. En France ,
depuis Helvétius qui a ramené
toute la théorie des mœurs aux plaisirs des sens , on a divinisé l'égoïsme
sous le nom de l'amour du bonheur.
La raison n'a eu d'autre office que
de calculer les élémens du bonheur ,

et les sensations ont fourni ces élémens. Ainsi on a placé la santé dans
la maladie, ou du moins on a con-
sulté l'une pour connoître l'autre,
et l'on a vu dans l'obstacle au bien,
le principe du bien ; dans l'éternel
ennemi de toute vertu, le principe
de la vertu. Du moment où, s'arra-
chant aux impressions des objets
matériels, et plongeant dans la profondeur de l'ame, on y a saisi les
lois de la raison, et les idées éternelles qui la constituent, on a dû
découvrir entre elles des idées di-
rectrices de la volonté, absolues,
universelles, immuables, les idées
de droit et d'obligation qui seules
peuvent nous apprendre en quoi

consiste la perfection de la nature
humaine, et qui seules peuvent
nous y conduire. C'est ce qui est
arrivé en Allemagne; la morale y
a pris un caractère de pureté, d'é-
lévation, de majesté sévère, qu'elle
n'auroit jamais dû perdre, car c'est
celui de la morale chrétienne. Pour
lui conserver toute sa beauté, il
falloit unir, comme elle, la règle et
l'amour pur, et voir dans ce dernier le principe de la perfection de
l'homme. On l'a peut-être trop né-
gligé, on y revient aujourd'hui; la
loi dans son inflexible rigueur, com-
mandant et forçant l'obéissance, ne
nous offre pas, dans toute son étendue, l'idéal de la nature humaine;

elle ne nous en présente qu'un côté,
l'idéal demande le développement
harmonique de toutes les facultés de
l'homme, la perfection de l'homme
tout entier. C'est ce principe qui
m'a guidé en traitant les matières
qu'il embrasse, et je n'ai perdu aucune occasion d'en faire sentir l'importance et la fécondité.

Tous les principes se tiennent :
le vrai, le bon, le beau ne sont
que différentes manières d'envisa-
ger l'homme, ou différens points de
vue de la nature humaine; il règne
entre eux une liaison intime, et la
théorie du beau, comme celle des
mœurs, se ressent toujours de la di-

rection que prennent chez une nation les idées métaphysiques. Les François, toujours fidèles à l'expérience, ont abstrait leurs notions de la poésie et de l'éloquence, des ouvrages les plus éminens dans chaque genre que leur offroit leur littérature; et comme cette littérature véritablement nationale, présente des chefs-d'œuvre de noblesse et d'élégance, de correction et de pureté de goût, qui ne laissent rien à désirer pour le fini du travail, en prenant ces modèles pour guides, il s'est formé en France d'excellens critiques. Les observations et les remarques de détail, des Batteux, des Clément, des Frérons, des Mar-

montel, et surtout de la Harpe,
prouvent une justesse d'esprit, une
délicatesse de tact, une sagesse de
goût qu'il seroit difficile de surpas-
ser, qui ont accéléré les progrès de
l'art, et qui doivent faire chérir
l'étude de ces Aristarques, et respecter leurs décisions. Admirables
dans les applications de détail, il
s'en faut bien qu'ils le soient autant
dans les matières générales ; lorsqu'ils ont voulu rendre raison des
plaisirs de l'esprit et de l'imagination, ils en sont restés à la surface
de l'ame, et n'ont pas creusé assez
avant pour y découvrir les principes générateurs du beau et du sublime. Empruntant de ce qui exis-

toit autour d'eux, l'idée de ce qui
peut et doit se faire , ils ont retréci le
champ des arts , et , resserrant les
notions de poésie et d'éloquence ,
ils ont dédaigné de connoître les
littératures étrangères , ou du moins
ils n'ont pas su les apprécier et les
juger sainement.

En Allemagne , surtout depuis
l'immortel Lessing qui a fait une
véritable révolution dans le goût
et la littérature , et qui joignoit à
un beau génie un esprit éminemment philosophique , ceux qui se
sont occupés des principes du beau
et de la théorie de nos plaisirs, ont
choisi un point de vue plus élevé

que celui des critiques françois.
Ils sont partis des notions générales
d'art, de poésie, d'éloquence, et
ont cherché la racine commune à
toutes ces notions dans la nature de
l'ame, et delà sont parvenus aux
différentes branches ou aux différens genres. C'est dans les loix générales de l'action combinée des
sens, de l'imagination et du jugement que doivent se trouver les
sources du plaisir désintéressé que
les arts nous donnent. De cette
source naissent les règles du goût
universel et absolu, et les dévia-
tions apparentes de ces règles qu'on
désigne par le nom de goût national. Il vaut mieux suivre cette

marche que de remonter des ouvrages existans à l'idée de certains
genres de composition, et de ces
genres aux préceptes qui leur sont
appropriés. Cette méthode paroît
moins arbitraire que la méthode
opposée ; elle ne présente rien de
conventionnel, elle étend la sphère
de nos jouissances, et nous met en
état de goûter, de comprendre, de
juger la littérature de tous les siècles, et celles de toutes les nations,
à quelque distance l'une de l'autre
qu'elles soient placées. Sans doute
à cette hauteur d'où l'on embrasse
un vaste horizon, où, tout en jouis-
sant du présent, on s'identifie avec
le passé, et l'on pressent et espère de

l'avenir des créations d'un genre nouveau, les détails échappent, ou du
moins il est difficile de les traiter
avec un succès égal à celui des
critiques françois. Aussi la philosophie des arts en Allemagne s'oc-
cupe-t-elle plus des idées générales
que des détails, des masses que des
nuances, et les ouvrages de l'art
en Allemagne brillent plus par la
hardiesse du dessin, par la richesse
du plan, par le mérite des grandes
parties de l'ouvrage, que par le fini
de l'exécution et la perfection de
chaque trait.

Des recherches sur le beau, quelque heureuse qu'on les imagine,

ne valent pas une seule beauté de
l'art : il vaut mieux produire des
êtres vivans que de les disséquer. Quiconque pourroit former une nouvelle
plante sans le concours de la nature
seroit bien supérieur à celui qui en
feroit une analyse exacte. On peut
juger d'après cela qui mérite la préférence, d'un grand poëte et d'un artiste, ou d'un métaphysicien de
l'art ; mais des recherches sur le beau
ont cependant leur prix, comme
celle de l'anatomie comparée ; elles
répandent du jour sur la vie morale et spirituelle de l'homme,
comme les dernières en répandent
sur la vie animale. On doit d'autant
moins craindre les discussions sou-

vent subtiles de la philosophie des
arts, qu'elles n'empêcheront jamais
le génie d'enfanter des ouvrages
qui portent son empreinte. Il a
existé avant elles; il existera encore
après elles; il est la force créatrice
du monde moral , immortel comme
la nature, et, comme elle, indépendant de tous les systêmes.

Toutes ces réflexions tendent à
faire connoître l'esprit dans lequel
j'ai composé ces Essais, et dans lequel il seroit à désirer qu'ils fus-
sent lus. Cherchant mes principes
dans le monde intellectuel, sans
renier le monde sensible, trouvant
dans le moi, le fini et l'infini, l'exis-

tence individuelle et l'existence absolue, j'ai tâché, dans les Essais sur
le Scepticisme , sur le premier Problême de la Philosophie , sur la
notion de l'existence, de combattre
ceux qui anéantissent l'un des termes de toute science, en refusant la
réalité, tantôt au fini, tantôt à l'infini, et s'enlèvent ainsi le moyen ou
le but, l'un des deux pôles de la
science humaine. La raison n'est
pas l'expérience, l'expérience n'est
pas la raison ; toutes deux se réunissent dans la conscience du moi,
toutes deux vont aboutir à l'absolu.
J'ai placé l'Essai sur l'idée et les en-
timent de l'infini en tête des Essais qui roulent sur des matières

morales et sur la nature de la poésie et de l'éloquence, parce qu'on
ne sauroit parler de la perfection
de l'homme ni de celle des arts,
sans parler de l'idéal, et l'idéal
tient par tous les points à l'infini :
sans Dieu et sans religion, il n'y
a de grandeur, de dignité, de beauté
nulle part.

On ne sauroit revenir trop souvent sur les matières intéressantes
de la philosophie, et c'est sous ce
point de vue que je publie ces Essais qui ne renferment aucune dé-
couverte. Comment disputer aux
travaux et aux mouvemens des philosophes toute espèce d'utilité, s'ils

empêchent la stagnation qui résul-
teroit d'un repos parfait et absolu?

Quelques-uns de ces Essais ont
été lus dans les séances publiques
que l'académie de Berlin consacre
tous les ans, le 24 janvier, au souvenir de Frédéric II. On ne doit
donc pas être étonné que j'y parle
de lui. En rappelant ce grand homme, j'ai compté sur l'intérêt et l'in-
dulgence des étrangers, et sur la
reconnoissance de mes concitoyens.

ESSAI

SUR L'IDÉE ET LE SENTIMENT

DE L'INFINI.

I.

1.

ESSAI

SUR L'IDÉE ET LE SENTIMENT DE L'INFINI.

Parmi les philosophes qui ont abordé le grand problème de la nature des êtres et de l'origine des choses, plusieurs sont partis de l'infini pour arriver au fini. Cette marche a été celle de tous les panthéistes, depuis Xénophane jusqu'à Spinosa. De là vient, que non-seulement ils ne réussissent jamais à expliquer l'existence des êtres finis, mais encore, que leurs définitions sont gratuites, que leurs prétendus principes ont eux-mêmes besoin de preuves, et que tout l'édifice pèche par la base.

La marche inverse est la seule qui soit

admissible en bonne logique; il faut aller du fini à l'infini. Le point d'appui de
toutes les connoissances humaines, doit
se trouver dans l'homme. Ce n'est que
par nos représentations que nous connoissons l'univers, et ce n'est que par la
conscience de nous-mêmes que nous
connoissons nos représentations. Le sentiment du moi est le point fixe, auquel
tient tout ce que nous sommes et tout
ce que nous possédons; sans lui tout disparoîtroit pour nous, ou plutôt avec lui
nous disparoîtrions nous-mêmes. Le sentiment de notre existence est un fait primitif, qu'on ne sauroit ni décomposer,
ni prouver, ni ramener à un autre fait
plus simple que lui. Nous nous distinguons nous-mêmes de nos représentations, et nous distinguons nos représentations de leurs objets. Moi, et ce qui
n'est pas moi, sont deux données également certaines, et qui paroissent se supposer réciproquement. Le sentiment du
moi est inséparable de l'idée de quelque

chose qui n'est pas moi, et l'idée de ce
qui n'est pas moi emporte déjà le sentiment du moi avec elle.

Ce sont les représentations dont je me
distingue, qui font que je m'aperçois et
que je me distingue moi-même. Le sujet est le corrélatif de l'objet. Les représentations ne peuvent exister indépendamment du moi qui a des représentations; l'objet est le corrélatif du sujet.
Ce principe établi, ou plutôt ce fait primitif énoncé, donne naissance à l'idée
du fini et de l'infini. Le fini c'est le moi,
qui est toujours modifié d'une manière
déterminée, et qui peut l'être de mille
manières différentes. La totalité des représentations, ou plutôt la totalité des
existences et des êtres, qui sont extérieurs
au moi, indépendans du moi, en un mot
l'univers qui réunit tout, est l'infini.

Quelles que soient les idées que l'homme se fasse de lui-même et de l'univers,

il se voit toujours comme un être fini
placé au milieu de l'infini.

Que l'univers soit la totalité des existences et la réunion de tous les êtres,
ou que l'univers ne soit que l'ensemble
de tous les phénomènes qui frappent ou
qui peuvent frapper les sens; que l'univers soit une seule substance, dont tous
les êtres ne sont que d'innombrables modifications, ou que l'univers soit l'ensemble de toutes les substances, liées étroi-
tement entr'elles et agissant les unes sur
les autres; que l'univers existe parce
qu'il existe, ou qu'il existe sous la condition de l'existence d'un autre être indépendant, qui existe lui-même sans
condition; que cet être soit distinct de
l'univers, ou qu'il soit l'ame du tout:
dans tous ces systêmes, dont les uns
sont analogues aux lois de la raison, et
dont les autres lui sont contraires, nous
sommes toujours au milieu de l'infini.
L'univers et Dieu, Dieu sans l'univers,

l'univers sans Dieu, sont toujours un tout
auquel on ne peut rien ajouter, qui réunit tout, qui contient tout; hors de lui
point d'existence, point de réalité; hors
de lui rien de possible. L'infini étant la
totalité des existences et des réalités,
comprend tous les êtres, non-seulement
les êtres tels qu'ils se montrent dans des
circonstances et sous des conditions données à d'autres êtres, ou tels qu'ils se
voient eux-mêmes, mais les êtres en eux-
mêmes, tels qu'ils sont indépendamment
de telle ou telle manière de voir.

Ce monde invisible, ou plutôt ce
monde réel, n'étant pas du ressort des
sens qui ne saisissent que des phénomènes, nous ne saurions avoir de lui des
idées claires, bien moins encore des idées
distinctes. Pour avoir des idées claires,
il faut distinguer un objet d'un autre
par des caractères particuliers; pour
avoir des idées distinctes d'un objet,
il faut pouvoir énoncer tous les élé-

mens qui le composent. Nous avons des
idées claires des objets qui peuvent être
aperçus, soit par le sens interne, soit
par les sens externes; nous avons des
idées distinctes des objets dont nous sai-
sissons les qualités, et auxquels nous
pouvons assigner des attributs; or le
monde invisible et infini ne frappe pas
nos sens, et nous ne pouvons porter sur
lui que des jugemens négatifs. Nous savons bien ce qu'il n'est pas, nous ne savons pas ce qu'il est.

Cependant, quiconque a réfléchi sur
lui-même, croit à l'existence d'un univers invisible et infini, différent de l'u-
nivers *phénoméniques* et fini. Les êtres
ne sont pour nous que des phénomènes;
nous sommes des phénomènes à nos
propres yeux; mais qui dit phénomène,
suppose qu'il y a quelque chose de caché sous le phénomène, qui ne se révèle
à nous qu'imparfaitement, qui nous présente une de ses faces et nous cache le

secret de sa nature. Ceux même qui
s'imaginent que les objets sensibles sont
les véritables êtres sous leur forme essentielle et absolue, sont pourtant obligés de convenir que l'homme n'aperçoit
pas tout le monde matériel et sensible;
ce qu'il aperçoit n'est qu'un point dans
l'immensité du tout; immensité qui se
dérobe à sa vue.

Le véritable infini n'est pour nous
qu'une idée, mais c'est une idée nécessaire que nous sommes forcés d'admettre, une idée qui dérive de notre nature
intelligente, et qui résulte des premières lois de notre raison. Comme nous ne
pouvons ni connoître, ni concevoir l'infini, lorsque notre imagination essaie de
le saisir et de le comprendre, elle con-
vertit l'infini en indéfini. A la vérité,
rien de plus opposé que l'indéfini et l'infini; l'un réunit tout, l'autre ne réunit
jamais tout; on ne peut rien ajouter au
premier, parce qu'il est complet, abso-

lu, parfait; on peut toujours ajouter au
second, parce qu'il est toujours incom-
plet et susceptible d'augmentation. L'infini est une sphère; l'indéfini est une ligne droite, que l'on peut toujours prolonger par la pensée. Cependant, quelque différens qu'ils soient, nous les
confondons sans cesse; nous croyons atteindre l'un en employant l'autre; nous
sommes toujours tentés de substituer
une image fausse qui ne dit rien à la
raison, à une idée négative qui ne dit
rien à l'imagination.

Les forces et les facultés de l'homme
sont limitées et indéfinies. On peut les
étendre à volonté, et leur faire embras-
ser un plus grand nombre d'objets; on
déplacera les limites, mais on ne les fera jamais disparoître : il y aura toujours
une foule d'objets auxquels elles n'at-
teindront pas, et chacun de nous sera
toujours limité par tout ce qui n'est pas
lui. Quels que soient les progrès d'un

être fini, on peut toujours encore ajouter à ce qu'il possède; des parties intégrantes d'un tout, quel que soit leur accroissement, isolées, ne seront jamais le tout, et le tout réunira toujours toutes les parties.

Nous sommes et serons donc à jamais des êtres finis, placés dans l'infini. Il résulte delà que nous connoîtrons les êtres finis, et que nous ne connoîtrons jamais l'infini, car celui qui connoîtroit l'infini seroit infini. Mais comme notre raison nous donne l'idée de l'infini et nous force à l'admettre, nous saurons toujours que l'infini existe, et nous tâcherons de l'atteindre par l'indéfini. Avec des forces finies nous ne pourrons jamais agir sur l'infini, mais l'infini agira sur nous; parties intelligentes d'un tout infini, nous ne pourrons jamais nous soustraire à son action sourde et secrète; cette idée se mêlera à toutes nos idées, et exercera sur tout le systême de nos rapports

une influence dont nous ne nous dou-
terons pas, ou que nous ne sentirons
que confusément, mais qui n'en sera pas
moins réelle. L'infini ou l'univers invisible, dont l'univers visible n'est qu'une
espèce de type, ou du moins un frag-
ment, ne peut jamais devenir l'objet
des connoissances humaines, mais il peut
être et il est en effet l'objet des aperçus
confus, des désirs, des pressentimens
de l'homme, et il manifeste sa présence
et son action, dans un grand nombre
d'affections et d'opérations de l'ame humaine.

Quand même la plupart des hommes
ne s'apercevroient pas de ce sentiment
confus et de ce besoin secret de l'infini,
il ne s'ensuivroit pas que l'un et l'autre
n'existent point dans leur ame; on pourroit et l'on devroit simplement en conclure qu'ils ne les ont pas observés. Il y
a toujours dans l'intérieur de l'homme
beaucoup de sentimens et de phénomè-

nes ignorés qui semblent sortir du néant
au moment où l'on dirige sur eux la lu-
nette de l'attention : en les observant on
paroît les créer. Supposé même que ce
sentiment et ce besoin de l'infini n'existent pas dans l'ame de la plupart des
hommes étrangers à toute culture, ce
sentiment n'en sera pas moins dans la
nature de l'homme. Le caractère distinctif de la nature humaine est la perfectibilité. Il ne faut donc pas vouloir
juger l'homme tout entier, par un état
où son éducation n'est encore qu'ébau-
chée, et où la plupart de ses facultés
sommeillent. Pour déterminer ce qui
est dans la nature humaine, il faut voir
l'homme dans les circonstances les plus
favorables à son développement, où il
s'ouvre et se déploie tout entier. Alors
le sentiment et le besoin de l'infini s'annoncent de plus en plus ; leur présence
et leur activité tiennent au degré de
perfection de l'ame ; plus l'homme mérite le nom d'homme et s'éloigne de

l'animalité, et plus ce sentiment et ce besoin deviennent vifs et soutenus; c'est
la couronne de l'humanité.

Nous associons toujours ensemble,
dans cette recherche intéressante, le sentiment et le besoin de l'infini. Ils existent toujours à côté l'un de l'autre, et
paroissent se supposer réciproquement.
On ne peut pas décider si c'est l'idée vague et le sentiment confus de l'infini qui
en ont fait naître le besoin; ou si c'est
le besoin de l'infini, qui en a donné
cette idée vague et ce sentiment confus.
Comme les facultés de l'homme sont susceptibles d'un développement indéfini,
il éprouve de bonne heure une inquiétude dévorante et une activité insatia-
ble, qui le font toujours soupirer après
des objets nouveaux; il a une tendance
continuelle et irrésistible vers quelque
chose de complet, d'absolu, d'infini; ce
qui réunit tout, lui paroît seul appro-
prié aux forces d'un être qui ne sait pas

au juste jusqu'où il pourra s'étendre,
mais qui sent qu'il peut et doit aller fort
loin. Dans ce cas, c'est le besoin de l'infini qui en donne à l'ame le sentiment
et l'idée. D'un autre côté, l'homme placé au milieu de l'immensité de la nature
s'aperçoit bientôt que le monde dans
lequel il vit et qu'il embrasse par la sensation et par la pensée, n'est qu'un
point, comparativement au monde qu'il
ne voit et n'embrasse pas, et que sous
l'univers qui se révèle à ses sens, se cache un autre univers, bien différent du
premier et bien plus vaste, qui réunit
en soi toutes les existences et toutes les
réalités; cette idée vague lui donne le
désir et le besoin d'arriver et d'atteindre
de manière ou d'autre à l'infini.

On voit donc que le sentiment et le
besoin de l'infini peuvent être également
cause et effet l'un de l'autre. Comme ils
existent toujours ensemble, quelqu'hy-
pothèse qu'on embrasse, elle paroîtra

toujours satisfaisante. Cependant, j'in-
clinerois à croire que l'idée vague et le
sentiment confus de l'infini, sont antérieurs au besoin de l'infini. Ce besoin suppose un haut degré de développement
de toutes les forces intellectuelles et morales, et le sentiment de l'infini se montre déjà aux yeux d'un observateur attentif, dans l'enfance de l'espèce humaine, chez les hommes grossiers, et même
chez les peuples sauvages, comme nous
allons le prouver en constatant l'existence et les effets de ce sentiment.

Nous savons que l'infini existe et que
nous existons dans son sein, mais nous
ne pouvons pas le connoître, et nous
n'avons de lui qu'une idée négative. Nous
sommes donc réduits à nous contenter
ici d'une approximation apparente; nous
nous attachons à l'indéfini; c'est en nous
perdant dans l'immensité du vague
et en aimant à nous y perdre, que
nous charmons le besoin de l'infini, et
que nous en nourrissons le sentiment.

L'idée et le goût de l'indéfini sont donc pour notre ame les représentans de l'infini ; partout où nous trouverons l'un, nous pourrons supposer que l'autre existe dans notre ame, et nous pourrons attribuer au second les effets du premier.

Essayons de constater l'existence de ce sentiment et de ce besoin de l'infini. Nous en trouverons des traces dans la contemplation et l'étude de la nature, dans les plaisirs de l'art, dans la religion et même dans les sciences.

Tous les hommes éprouvent un plaisir plus ou moins vif en contemplant la nature. D'où viendroit ce plaisir, s'ils n'avoient pas le besoin et le sentiment de l'infini? Je ne parle pas ici du charme attaché à la vue ou à l'étude de ces productions de la nature, qui nous offrent de l'ordre, de l'harmonie, la convergence de toutes les parties vers un même effet, et qui nous enchantent par les proportions de la beauté, ou par le rapport intime de tous les organes avec le jeu total de la machine. Une fleur, une plante, un animal, nous attirent et nous plaisent par des raisons de ce genre; cet ordre de plaisirs suppose des connoissances et de la réflexion, et c'est plutôt un plaisir de l'esprit qu'un plaisir de l'ame. Mais je parle ici de l'impression saisissante que font sur l'homme éclairé et sur l'homme grossier, sur le peuple comme sur les savans, et plus encore sur l'un que sur les autres, les vastes plaines du ciel durant une belle nuit, la mer calme et majestueuse ou soulevée par la tempête, l'ouragan et sa force dévastatrice et ses incalculables effets, les montagnes aussi anciennes que le globe et aussi indestructibles que lui, la chûte non interrompue de ces masses d'eau, qui tombent toujours avec une égale rapidité et une égale abondance. Tous les hommes éprouvent un effroi

mêlé d'attendrissement, lorsqu'ils sont
en présence de ces scènes sublimes ; bien
loin que cet état soit un effet de l'imitation, de l'habitude ou de l'art, ils y tombent involontairement. Cet effroi n'est
pas la crainte de quelque malheur pro-
chain ou éloigné ; cet attendrissement
ne ressemble pas à la tristesse que nous
donne le sentiment de nos peines ou le
souvenir de nos pertes. Cet effroi n'agite
pas l'ame ; cet attendrissement n'est pas
pénible ni douloureux ; le mélange de ces
deux affections est agréable, et ce plaisir
est aussi supérieur à tous les autres qu'il
est différent d'eux. Il est le résultat naturel du sentiment du fini et de l'infini.

L'indéfini en durée, en étendue, en
force, que nous offrent les grandes parties de la nature, nous met en rapport
avec l'infini, et l'effroi qu'il nous inspire
n'est qu'une sorte de recueillement et
de respect ; l'attendrissement qu'il nous
donne est un composé de joie et de re-

gret; de la joie que nous donne l'aperçu
vague de l'infini, et du regret de ne pas
pouvoir le saisir et le comprendre.
L'homme grossier qui contemple le fir-
mament, le sauvage qui s'arrête, sans savoir pourquoi, sur les bords de la vaste
mer, et tombe en la voyant dans une rêverie profonde, se sentent saisis et émus
et ne se doutent pas de ce que nous venons de dire; mais ils constatent à leur
insu l'existence du sentiment et du besoin de l'infini dans la nature humaine.
Les effets du demi-jour, de l'obscurité,
du vaste silence de la nature, du bruit
uniforme des vagues, tiennent au même
principe. Ils ont quelque chose d'indéfini qui saisit l'imagination; le pouvoir
qu'ils exercent sur l'ame vient de ce
qu'ils ne lui offrent rien de circonscrit
et de déterminé, et de ce qu'ils lui ouvrent par là-même un champ infini
d'idées et de sentimens.

Le besoin et le sentiment de l'infini

s'annoncent également dans les productions de l'art, et dans les plaisirs qu'elles
donnent à l'espèce humaine. A la vérité
les arts plastiques présentent à l'œil des
formes déterminées, des contours précis, des proportions exactes et sévères.
Plus l'être qui sort du monde idéal du
peintre et du sculpteur, prend sur la
toile et dans le marbre des traits marqués, individuels, caractéristiques, et
plus le travail approche de la perfection, plus il mérite et obtient d'hommages. Au premier coup-d'œil, l'infini paroît tout-à-fait étranger dans l'empire
des formes régulières et finies. Mais le
grand secret de l'artiste est de donner à
l'ame le sentiment de l'infini, en lui présentant des formes finies. Les productions de l'art, qui ne sont que régulières
et correctes, ne transportent jamais le
spectateur, et ne font pas sur lui des impressions profondes; faites sans enthousiasme, elles ne sauroient en inspirer;
elles ont trop peu de magie pour attirer

et enchaîner les regards; l'artiste lui-
même n'étoit pas sous le charme dans les
heures du travail. On n'accorde aux ouvrages de ce genre qu'une froide admiration, on les regarde une fois, et l'on
n'y revient plus. Le génie seul sait choisir des sujets qui lui inspirent à lui-même, et qui réveillent, dans les ames qui
lui ressemblent, une grande abondance
d'idées accessoires, et il traite ces sujets
de manière à concilier dans ses ouvrages la beauté et l'expression qui cache
et révèle à l'ame un monde entier de
sentimens et d'idées, et qui paroît toujours plus inépuisable et véritablement
infinie à mesure qu'on l'étudie davantage. Les chefs-d'œuvres qui réunissent ces
deux caractères, peuvent seuls produire
de grands effets. Ils plongent le spectateur dans un recueillement profond,
lui donnent la conscience de sa propre
activité, et le font frémir d'attendrissement et d'effroi. Ce qu'il voit est fini, ce
qu'il ne voit pas, ce qu'il soupçonne, ce

qu'il sent, ce qu'il imagine est fini; dans une seule joie, il voit toutes les joies de l'humanité; dans une douleur, toutes les peines; dans une passion, tous ses crimes et tous ses malheurs réunis. L'Hercule-Farnèse se repose sur sa massue, et ce repos de la force, sans déroger à la loi de la beauté, me donne l'idée de la plus grande force possible. La Madonne de Raphaël regarde l'enfant Jésus; ce regard d'une beauté céleste exprime à-la-fois la tendresse, la pureté et le respect; ce regard par lequel Raphaël a voulu caractériser une vierge, mère d'un Dieu, semble en même temps cacher, confondre et manifester tous les mystères d'amour de la terre et les mystères d'amour du ciel, unir le monde visible au monde invisible, et le fini à l'infini.

Si les arts qui reproduisent des formes finies et qui paroissent circonscrits dans d'étroites limites, doivent leur magie au sentiment de l'infini qu'ils supposent et

qu'ils entretiennent; à plus forte raison
le retrouverons-nous dans les arts qui
emploient d'autres moyens pour peindre la nature et pour réveiller les passions, et qui ne sont pas assujétis aux
mêmes entraves. A quoi tient la toute-
puissance de la musique? Les hommes
de tous les temps et de tous les lieux, à
un petit nombre d'exceptions près, la
sentent et la reconnoissent; elle agit souvent avec autant et plus de force sur
l'homme grossier que sur l'homme développé. La plupart de ceux que la musique transporte de plaisir, et qu'elle jette
dans un trouble délicieux et indéfinissable, n'entendent rien aux savans calculs qui servent de base à l'harmonie;
ils ne sont peut-être pas même capables
de saisir un accord, et la puissance des
sons les enlève au monde entier et à eux-
mêmes. Cette puissance tient en grande
partie à ce que la musique ne peint et
n'exprime rien d'une manière précise et
déterminée. Elle monte l'ame sur un

certain ton de douleur ou de joie, de
calme ou d'exaltation, et lui imprime un
mouvement et une activité qui la rendent elle-même capable d'amener et de
produire un nombre infini d'idées et de
sentimens. A la vérité, ces sentimens sont
confus, ces idées sont vagues, mais elles
se présentent à l'ame dans l'éloignement
comme un océan immense, et dans cet
état l'ame n'a plus aucune représentation de bornes et de limites.

La poésie nous offre le même phénomène qui explique en partie les plaisirs
qu'elle nous donne. Sans contredit l'expression poétique est plus précise et
plus déterminée que l'expression musi-
cale; les objets et les sentimens revêtent
dans la poésie des formes individuelles
et caractéristiques. Les deux principaux
sentimens que la poésie fait naître en
nous, sont ceux du beau et du sublime.
Tel morceau nous plaît parce qu'il est
beau; tel autre nous atterre, nous acca-

ble, et nous fait jouir de notre accablement même, parce qu'il est sublime. Le
beau nous plaît parce qu'il est beau, et
il n'est pas le beau parce qu'il nous plaît,
car beaucoup de choses nous plaisent,
qui ne sont rien moins que belles. Le
beau auquel nous ne devons prendre
d'autre intérêt que celui du beau, ne
mérite ce nom qu'autant qu'il satisfait
à-la-fois l'imagination et le sentiment,
c'est-à-dire qu'il offre de la variété à
l'une, et de l'unité à l'autre. Le beau en
poésie sera donc toujours circonscrit et
limité, comme le beau en peinture et
en sculpture. Les proportions, l'harmonie, les rapports des parties avec le tout
forment ses caractères essentiels; mais
le beau en poésie, tout en nous offrant
des formes finies, doit réveiller, comme
le beau en peinture et en sculpture, le
sentiment de l'infini. Nous goûtons même bien plus souvent le plaisir attaché
à l'infini, en lisant ou en entendant les
grands poètes, qu'en contemplant les

ouvrages des grands artistes. Quelqu'individuels et caractéristiques que soient les traits sous lesquels la grande et belle poésie nous offre ses conceptions, elles auront toujours quelque chose de plus vague et de plus indéfini que les arts plastiques, et elles réveilleront par conséquent un plus grand nombre d'idées accessoires. Ce vague est inséparable du langage conventionnel. D'ailleurs, comme la poésie peint les objets par une succession de traits, et les représente dans plusieurs momens différens, tandis que la sculpture et la peinture ne peuvent jamais saisir et reproduire qu'un seul moment, la poésie nourrit plus le goût de l'infini, et en donne plus le sentiment que les autres arts, lors même qu'elle ne crée que le beau et qu'elle n'enfante pas le sublime. Mais c'est surtout le sublime en poésie, qui suppose le sentiment de l'infini dans l'ame du poëte, et qui le fait naître dans celle du lecteur. Les objets réels ou fictifs qui nous donnent l'idée

d'une force indéfinie (ce qui équivaut
pour nous à l'infini), peuvent seuls nous
paroître sublimes. Un mot, une action,
une situation, un être quelconque, ne
nous affectent de cette manière qu'en
dépassant toutes les limites connues, ou
plutôt, lorsque nous sommes dans l'im-
possibilité de leur assigner des bornes
précises. L'infini est ce qu'il y a de plus
sublime, et le sublime est ce qui nous
donne l'idée de l'infini. De là, l'étonnement, l'admiration, l'espèce d'effroi,
l'accablement qu'il produit dans les ames
faites pour le sentir. Comme les proportions, la mesure, les limites sont inséparables du beau, et que le sublime suppose quelque chose qui sort des bornes
et des limites, on voit clairement qu'il
existera difficilement un ouvrage qui soit
en même temps sublime et beau, quoique, dans un ouvrage régulièrement
beau, on trouve souvent des traits sublimes. Les peuples qui ont une imagination plus forte que facile, et une sen-

sibilité plus profonde que délicate, doivent préférer le sublime au beau ; les
peuples qui sont plus sensibles à la mesure de la force qu'à la force elle-même,
doivent préférer le beau au sublime. Les
premiers éprouveront plus souvent que
les autres, le sentiment et le besoin de
l'infini, et ce besoin et ce sentiment se
reproduiront plus souvent dans leurs
ouvrages.

C'est parce que tous les arts, et principalement la musique et la poésie, réveillent dans l'ame le sentiment de l'infini, et lui doivent une partie de leurs
charmes, qu'ils se sont toujours associés
à la religion, et qu'ils se sont attachés à
son culte chez les différens peuples de
la terre. Cette alliance, également avan-
tageuse aux arts et à la religion, a contribué aux progrès des uns, et a servi
au règne de l'autre. Elle a été suggérée
aux hommes par l'instinct, avant qu'elle
fût consacrée par l'expérience et justi-

fiée par la raison. Les religions de tous
les peuples du monde tiennent toutes,
plus ou moins, à ce sentiment et à ce
besoin de l'infini qui sommeillent chez
les nations sauvages, et qui parviennent
à un plus haut degré d'activité et de
force chez les nations développées. *Pri-
mus in orbe Deos fecit timor*, a dit Lu-
crèce. Cette pensée est aussi fausse qu'ir-
réligieuse, quand on prend le mot de
crainte dans l'acception ordinaire du
mot, et qu'on attribue l'origine des religions à la crainte qu'inspirent à l'homme les maux qui l'assiégent ou le menacent. Ce vers deviendroit aussi vrai que
réligieux, si l'on entendoit ici par *timor*
cette espèce de frayeur que l'immensité
de l'univers et le sentiment confus de
l'infini qui en est une conséquence, ont
toujours donnée à l'homme, et qui lui
a fait soupçonner et chercher la divinité. Cette idée vague de l'infini, et l'effroi réligieux qui en est inséparable, sont
bien antérieurs dans l'ordre des senti-

mens et des idées, au besoin d'expliquer l'existence de l'univers, et d'avoir un point d'arrêt fixe et immuable, à l'idée des causes finales qui suppose l'étude et la connoissance de la nature, et même au sentiment du devoir qui se développe plus tard, et ne se montre pas d'abord sous ses véritables traits.

Sans doute toutes les fausses religions qui ont couvert la terre et qui en couvrent encore une partie, ont bien mal satisfait ce besoin ou ce pressentiment de l'infini, qui leur avoit servi de point de départ, et à qui elles devoient leur origine. Les êtres finis qui avoient été, dans le principe, les emblêmes et les signes visibles de l'infini que les hommes ne pouvoient ni voir, ni atteindre, sont devenus leurs dieux, et un fétiche a pris la place de l'infini. Cependant, beaucoup de peuples idolâtres adoroient leurs dieux dans les sombres profondeurs des forêts, ou sur le sommet des

montagnes; ces lieux, par leur étendue
ou leur durée, ou leur obscurité redou-
table, plongeoient l'ame dans le vague
de l'indéfini, et ce fait prouveroit seul
que le sentiment de l'infini a toujours
produit ou fortifié les idées religieuses,
tout comme la croyance des esprits et
des revenans, le respect superstitieux
pour les morts, les soins qu'on prenoit
pour leur assurer un sort paisible, ou
pour entretenir des communications
avec eux, prouvent que l'homme le plus
grossier a une idée confuse d'un monde
invisible caché sous les phénomènes des
sens. La religion la plus pure et la plus
dégagée de tout alliage, ne repose-t-elle
pas sur ce monde invisible qui doit
contenir la solution des énigmes que
présentent notre existence actuelle, notre nature toujours imparfaite et toujours perfectible, et surtout les anoma-
lies de l'ordre moral ? La religion, dans
son acception la plus pure et la plus sublime, n'est autre chose que le rapport

du fini avec l'infini. Le goût, le désir, le besoin de l'infini, et une tendance continuelle vers lui constituent la vraie piété; elle réside toute entière dans le sentiment. Chez les Grecs et chez les Romains, la religion étoit également étrangère à la sensibilité morale, à la raison et à la volonté; elle se réduisoit à être un simple spectacle. Plus tard on a voulu fonder uniquement la morale sur la religion; plus tard encore, en Allemagne, on a voulu fonder la religion sur la morale. Sans nier l'existence des rapports nombreux qui lient la religion à la raison et à la volonté, il importe de rappeler qu'elle peut aussi être considérée indépendamment de ces rapports, et alors elle consiste dans le sentiment de l'infini.

Enfin, le sentiment de l'infini et cette espèce de mysticisme qui nous oblige d'admettre e que nous ne comprenons pas, et qui nous fait encore soupçonner et pressentir des vérités, là-même où nous ne pouvons plus apercevoir claire-ment des objets, sont le point de départ de toutes les sciences, et le point au-quel elles aboutissent. Toutes les scien-ces reposent sur des faits du sens interne ou des sens extérieurs, qu'on ne sauroit nier sans se renier soi-même, et qu'on ne peut ni concevoir ni prouver. Quand on ne se contente pas de partir des faits pour aller en avant, et que l'être inconnu qui se dit moi, se replie sur lui-même, n'éprouve-t-il pas un frémissement se-cret? Ne sent-il pas qu'il est sur la limite du monde invisible, sur le fil délié qui sépare le fini de l'infini? L'espèce de tris-tesse, qui accompagne ou qui suit pres-que toujours les méditations profondes, ne vient pas uniquement de fatigue, et participe de ce mélange d'effroi et d'at-tendrissement qu'inspire toujours le sen-timent de l'infini. Quels que soient les objets de la pensée du savant et du phi-losophe, et quelle que soit la nature des

instrumens qu'ils emploient, ils se perdent tous finalement dans un océan
d'idées confuses, ou plutôt ils sentent et
aperçoivent toujours l'infini au-delà du
point où leurs connoissances expirent.
Le mathématicien, l'astronome, le phy-
sicien, le naturaliste, sont toujours en
présence de l'immensité; ce sentiment
prouve leur grandeur et leur petitesse,
et fait en même temps leur charme et
leur désespoir. Avant les données qui
servent de bases à leurs opérations, et
qui doivent être pour eux autant d'axio-
mes, il y a un nombre infini d'incon-
nues qui ne sont pas données, et qu'il
faudroit connoître pour comprendre les
autres. Tout ce que nous élevons sur
ces données primitives, aboutit à son
tour à l'infini; les ramifications de l'arbre des connoissances humaines vont se
perdre dans le vague de tout ce qui existe
au-delà, et ne touchent jamais à la cir-
conférence de la sphère dont nous oc-
cupons un point. Les sciences flottent

entre deux infinis. Toutes les extrémi-
tés, dit Pascal, vont se perdre dans
l'éblouissement; mais là où la vue ex-
pire, le sentiment existe et agit encore.

Nous avons essayé de constater l'existence du sentiment de l'infini dans la
nature humaine; nous avons vu qu'il est
le résultat naturel de la place que l'homme occupe dans l'univers; nous avons
retrouvé ses traces et sa présence dans
les plaisirs que donnent la nature, les
beaux-arts, la poésie; nous avons prouvé
que la religion le suppose et le nourrit,
et que les sciences elles-mêmes y con-
duisent. Observer la présence et l'influence de ce sentiment, dans toutes les
choses auxquelles il se mêle, c'étoit en
même temps répandre du jour sur les
causes qui le produisent, et développer
ses heureux effets.

Le sentiment de l'infini est donc un
fait psychologique dont nous ne sau-

rions contester la réalité; êtres finis, nous sommes placés dans l'infini et dans l'immensité; l'infini nous est inconnu, mais nous savons qu'il existe, et cette idée donne naissance à une sorte de mysticisme involontaire, inévitable, qui se retrouve partout, d'où tout part, et où tout aboutit.

Comme de notre propre aveu nous ne pouvons pas connoître l'infini, et que nous n'avons de lui qu'une idée négative et vague, dira-t-on que nous ne saurions en avoir le sentiment? Mais la sensibilité rapporte l'impression qu'elle reçoit des objets, au sujet qui l'éprouve et qui en est affecté agréablement ou désagréablement, et non à l'objet pour déterminer ses qualités. Nous pouvons par conséquent avoir le sentiment d'un objet que nous ne connoissons pas. L'infini existe, et quoique nous ne puissions pas le saisir ni le comprendre, son idée seule, quelque imparfaite et confuse

qu'elle soit, suffit pour agir sur notre imagi-
gination et sur notre sensibilité.

Révoquera-t-on en doute l'existence
de l'idée de l'infini, ou l'attribuera-t-on
à une erreur et à un jeu de l'imagination? Cette idée est un produit de la raison, et l'effet nécessaire des principes
qui dirigent cette faculté dans ses opérations. La première loi de la raison humaine est l'unité; elle tend sans cesse à
donner à tout l'ensemble de ses représentations, le plus haut degré d'unité
possible. Dans ce travail elle arrive nécessairement à l'idée de la totalité des
existences et des réalités, c'est-à-dire, à
l'infini qui réunit tout et hors duquel
rien n'existe. Cette idée est aussi essentielle à la raison, que les idées de cause
et de substance.

Nous accusera-t-on de substituer la
sensibilité à la raison, les idées vagues
aux idées précises, les représentations

obscures aux représentations claires et
distinctes? La sensibilité et la raison sont
deux facultés aussi différentes que certaines et incontestables; chacune a son
domaine, son objet, sa marche et ses
lois; il faut les laisser chacune à sa place, et il seroit absurde de substituer l'une
à l'autre. La sensibilité se nourrit d'idées
confuses; elle est de sa nature toujours
un peu mystique. Nous pouvons et devons ramener une partie de ces idées
confuses à des idées claires et même distinctes, mais alors nous ne sentons plus,
nous raisonnons; nous disséquons ou
nous analysons un objet; nous n'éprou-
vons plus l'impression que faisoit sur
nous un objet avant d'être soumis au
scalpel ou jeté dans le creuset. D'ailleurs,
à quelque degré de perfection que l'esprit humain conduise l'analyse des idées
confuses, nous sommes obligés de nous
arrêter quelque part dans cette décomposition, et d'admettre finalement des
idées premières que nous appelons sim-

ples, parce que nous n'avons plus de
prise sur elles, et qu'elles se refusent à
toute espèce d'analyse.

On doit craindre et éviter les idées
obscures, dans le champ d'objets où l'on
peut en acquérir de claires et de distinctes; on ne sauroit nier l'existence,
l'action, les effets des idées obscures.
Elles jouent un grand rôle dans tous les
phénomènes du monde moral. Ce n'est
pas un des moindres titres du grand
Leibnitz à la gloire, que d'avoir développé avec succès la théorie des idées
obscures. On sait que dans la vue magnifique qu'il a tracée de l'univers, la *per-
cepturation* explique beaucoup de faits.
Selon lui, dans l'harmonie universelle
de toutes les monades, chaque force re-
présentative liée à toutes les autres par
de savans accords, se représente l'univers conformément à la place qu'elle y
occupe; elle a des idées distinctes de
quelques objets, des idées claires d'un

plus grand nombre, et finalement une immensité de représentations obscures et confuses, qui doivent sortir insensiblement de cet état d'obscurité, et qui agissent sur elle sans qu'elle s'en aperçoive. Dans ce système, le sentiment de l'infini s'explique mieux que dans tous les autres. Ce système n'est sans doute que la vue ingénieuse et brillante d'un homme de génie, mais l'existence et la nécessité des idées obscures sont incontestables.

Le sentiment de l'infini donne donc naissance à une espèce de mysticisme d'un genre nouveau. Ce mysticisme est inévitable; c'est le seul qui soit légitime, et qui ne soit aucunement dangereux. Tous les autres sont des chimères plus ou moins absurdes, des folies plus ou moins funestes, de véritables maladies morales. Le faux mysticisme ne veut que des idées confuses, tandis que le vrai mysticisme qui tient au sentiment de

l'infini, n'admet des idées confuses que
là où les idées claires et distinctes aban-
donnent l'homme. Le faux mysticisme
substitue le sentiment à la raison, et se
perd dans des rêveries vagues, lors même
qu'il s'agit du cercle d'objets où l'homme peut connoître et doit raisonner; le
vrai mysticisme suit la raison avec une
entière confiance aussi loin qu'elle le
mène; et là où elle s'arrête, le sentiment
lui fait pressentir l'infini et lui permet
d'en jouir. Le faux mysticisme se refuse
à connoître ce qui est du ressort des
connoissances humaines, et prétend connoître ce qui est inaccessible aux sens,
au jugement, à la raison de l'homme; il
ignore le fini, et il croit que l'infini lui
est révélé; il dédaigne les relations qu'il
pourroit avoir avec les êtres finis qui
l'environnent, et il imagine des communications impossibles avec l'infini. Le
vrai mysticisme acquiert des connoissances positives de tout ce qui peut être
connu, et il n'affirme et ne nie rien de

tout ce qui s'élève au-dessus de la sphère
de notre entendement; il ne tient pas
un langage inintelligible en parlant du
monde, des sens et de l'expérience, et il
garde le silence sur le monde invisible
tout en admettant son existence; il aime
et sert les êtres finis qui l'entourent, et
quand il s'agit de l'infini, il l'adore et il
se tait.

L'esprit humain doit soumettre au calcul et à l'observation tout ce qui peut
y être soumis, mais l'homme doit sentir
que l'univers n'est pas resserré dans le
champ de ses observations, ni dans les
limites de son calcul, et que le sentiment de l'infini l'unit à l'univers entier.
Il faut cultiver et développer dans notre ame ce sentiment qui étend notre
existence, et nous donne la conscience
de notre grandeur. Il peut servir à mo-
dérer la sensualité et à combattre l'égoïsme; il est le plus fidèle allié de la religion, comme il en est le principe. Donne-

moi un point fixe qui me serve de point
d'appui [1] : tel est le premier besoin du
philosophe; place-moi sur les bords de
l'infini et fais-moi pressentir l'immensité [2], tel doit être le dernier de ses vœux.

[1] Δος μοι πυ ςω.

[2] Δος μοι απειρον.

ESSAI

SUR

LES GRANDS CARACTÈRES.

ESSAI

SUR

LES GRANDS CARACTÈRES.

———

Le génie est la perfection de l'entendement; un grand caractère est la perfection de la volonté.

La perfection de l'homme tout entier consiste dans la réunion d'un grand génie et d'un grand caractère.

Au défaut d'une grande puissance de caractère et de génie, à l'unisson l'une de l'autre, c'est quelque chose de mettre du moins de l'harmonie entre son esprit et son caractère. La plupart des hommes offrent à cet égard des disso-

nances frappantes. « Les uns, » comme
dit Duclos, « n'ont pas l'esprit de leur
« caractère; les autres, n'ont pas le ca-
« ractère de leur esprit. » Les seconds
ont plus de génie que de volonté; ils
marchent à côté de leurs propres idées;
ils voyent bien, et ils agissent contre leurs
lumières et leur conviction; ce sont les
hommes foibles. Les premiers ont plus
de volonté que de génie; ils ont peu
d'idées, des idées étroites et petites, mais
ils les suivent dans la pratique avec une
rare persévérance; ce sont les hommes
obstinés.

On ne peut pas élever son génie au
niveau de son caractère, car le génie est
un don de la nature; mais on peut élever son caractère au niveau de son génie, car le caractère consiste dans la
volonté, et à cet égard notre grandeur
ne depend que de nous-mêmes.

Qu'est-ce qu'un grand caractère? quels

sont les élémens dont il se compose?
quels sont ses effets dans le monde moral? Quelles sont les circonstances qui favorisent son développement? Nous vou-
drions répandre du jour sur ces questions intéressantes; nous énoncerons les
principes et nous abandonnerons les
détails.

Il y a une différence frappante entre
un bon caractère, un caractère moral,
un beau caractère, et un grand caractère.

Un bon caractère est celui dont, par
un bienfait de la nature, les goûts, les
affections, les habitudes n'ont rien de
mal-faisant; un caractère moral suppose
que les sentimens, les idées, les actions
d'un homme, ont une direction marquée et constante vers l'ordre et la règle. L'un a un mérite négatif, l'autre un
mérite positif. On naît avec un bon caractère; on forme un caractère moral.

I. 4

Le premier est le résultat des circonstances; le second un effet de l'art; un
bon caractère est souvent un caractère
foible; un caractère moral peut fort bien
ne pas être noble.

Un beau caractère est celui dont le
désintéressement forme le trait distinctif. Un beau caractère est étranger à
toutes les petites passions, à toutes les
considérations personnelles; son mouvement naturel le porte toujours à s'oublier; il n'est sensible qu'à la beauté des
actions; il vit de bienveillance; il consiste dans une harmonie ravissante des
sentimens avec l'idéal de la générosité;
mais un beau caractère peut être un caractère foible, et manquer de l'énergie
nécessaire pour faire de belles actions.

Un grand caractère est ce qu'il y a de
plus parfait et de plus rare. En lui se
réunissent le beau et le sublime. La force
de la volonté, fût-ce une force de fer,

ne constitue pas le grand caractère, mais
il n'y a pas de grand caractère sans la
force de la volonté. L'énergie dans un
homme ne garantit ni la nature de son
but, ni celle de ses moyens. Un caractère élevé, noble, généreux, n'est pas
encore un grand caractère, car il peut
manquer de force et de fermeté; mais
il n'y a pas de grand caractère sans élévation d'ame, car elle seule décide de la
grandeur du but, et repousse la bassesse
des moyens.

Ainsi un grand caractère suppose deux
choses : la force de la volonté, et l'empire des idées sur les besoins et les intérêts. Développons ces deux élémens.

Donnez-moi, disoit Archimède, un
point d'appui, et je soulèverai le monde.
L'homme à caractère trouve ce point
fixe en lui - même; ce point fixe est la
volonté. Pour produire les plus grands
effets dans le monde moral, pour vou-

loir avec énergie, avec suite, avec tenue,
il suffit de le vouloir.

Il n'y a que deux forces dans l'univers : la nature et la volonté, ce qui est
nécessaire et ce qui est libre. L'une et
l'autre sont impénétrables dans leur essence, infinies dans leurs effets, immortelles dans leur durée. Au premier coup-
d'œil la nature paroît devoir écraser la
liberté ; mais quelque menaçante, active,
immense, que soit la nature, l'homme
ne doit craindre ni le parallèle, ni le
défi, ni le combat. Si la volonté ne peut
pas toujours assujétir et changer la nature, la nature à son tour ne peut pas
triompher de la liberté ; car la volonté
résiste à la nature, la modifie ou se sou-
met à elle ; et dans cet acte de soumission
elle paroît encore maîtresse d'elle-même.

La volonté est donc la première des
forces ; la première qualité que le caractère doive avoir, c'est l'énergie. Celui

qui manque de cette qualité précieuse
n'a point de caractère, selon l'expression françoise qui est aussi heureuse que
vraie.

La force de la volonté se compose de
l'intensité avec laquelle la volonté saisit
un objet quelconque, de la mesure d'efforts qu'elle est capable de faire pour
l'obtenir, et de la durée de ces efforts
ou de la persévérance avec laquelle la
volonté marche à son but.

On peut estimer la force de la volonté,
comme on estime les forces physiques,
par la masse, la résistance et la vîtesse.

La force seule de la volonté ne constitue pas le grand caractère, le point
essentiel est la direction de la volonté.

Ce sont des besoins, des intérêts ou
des idées, qui servent de principe ou
d'objet et de but à la volonté.

Les besoins peuvent provoquer quelquefois des efforts soutenus, une prodigieuse persévérance et une grande dépense de forces. Une chasse heureuse coûte quelquefois plus à un sauvage, que la conquête d'une province à un général. Les travaux des arts, surtout dans leur enfance, supposent tous beaucoup de volonté. Il n'y a là rien qui soit plus admirable que la patience des abeilles ou des castors; la volonté qui obéit uniquement à l'instinct, semble devenir elle-même une espèce d'instinct.

Les intérêts supposent un plus haut degré de développement et de culture; car ils reposent sur l'utile, et l'utile est le résultat de réflexions et de calculs. Celui qui consulte son intérêt, embrasse un plus vaste espace que l'esclave des besoins du moment; il subordonne le présent à l'avenir, il rapproche les moyens du but et les causes des effets; mais,

comme tous ces calculs et toutes ces réflexions n'aboutissent qu'à lui-même et
à son bien-être, il a plus d'esprit, sans
avoir plus de grandeur que celui qui
marche servilement, où le besoin l'in-
cline. Qu'il veuille obtenir un trône ou
un titre, acquérir des millions ou quelques louis, plaire à un cercle ou au peuple d'une grande ville, peu importe,
dès qu'il ne voit que lui-même, sa fortune personnelle ou celle des siens; s'il
saisit son objet, ses succès prouveront
qu'il a du talent, de l'activité, de la tenue; mais on peut avoir un esprit profond, une volonté forte, et une ame
étroite et petite.

Malheureusement, la plupart des
hommes ne s'élèvent pas au-dessus des
besoins et des intérêts, ils employent la
volonté à satisfaire les uns, et à servir
la cause des autres. La liberté n'est pour
eux qu'un instrument qui rapproche
d'eux les objets agréables ou utiles; ce

qu'il y a de divin dans la nature humaine, est subordonné à ce qu'il y a de plus terrestre et de plus grossier; le Dieu est employé par l'homme animal aux fonctions les plus communes; c'est Apollon conduisant les troupeaux d'Admète, et reniant tout-à-fait par ses traits et ses manières la nature céleste qui lui échut en partage. Le commun des hommes oublient qu'ils doivent être les artistes de leur vie, ou plutôt de leur caractère, et lui donner l'empreinte de la liberté; se bornant à en faire un ouvrage mécanique, ils en deviennent les artisans. Chez la plupart, le dessin du caractère ressemble à ces dessins de figures, que le mouvement de l'air trace sur le sable, ou que le travail des élémens donne à la matière. Les uns et les autres sont les effets de causes aveugles, et non les effets d'une pensée active; de là l'extrême pénurie de caractères dignes de ce nom. Il n'y a que cette triste vérité qui explique le sombre tableau qu'a présenté plus d'une fois l'histoire du monde; sur le devant du tableau, on voit quelques hommes doués de l'audace et de l'énergie du crime, asservir une génération toute entière, et autour d'eux et dans le fond du tableau, on n'aperçoit que de vils instrumens, ou de déplorables victimes, ou d'apathiques spectateurs de leurs passions.

Au-dessus des besoins et des intérêts s'élèvent les idées, dans le sens le plus dégagé de la matière; en tant qu'elles représentent un idéal quelconque de perfection, ou plutôt en tant qu'elles ont un objet général et infini.

Ces idées ont toutes un caractère commun, quelque différentes qu'elles soient sous d'autres rapports; elles font toutes abstraction de l'individu qui n'occupe jamais qu'un point de l'espace et de la durée, et elles embrassent tous les temps et tous les lieux.

Il ne faut pas croire que toutes ces idées puissent être ramenées à celles d'ordre moral et de devoir. La loi morale est bien une idée; mais c'est plutôt une idée négative que positive, qui prévient et empêche plus d'actions qu'elle n'en produit. Les idées, dont nous parlons ici, sont essentiellement des principes d'action. La loi morale ne commande pas l'héroïsme, et c'est l'héroïsme dans le sens le plus étendu du mot que les idées doivent inspirer.

Cet héroïsme n'est autre chose qu'un désintéressement complet. Quiconque sait mépriser ce que la plupart des hommes craignent, quiconque s'est rendu étranger à tout ce qui est relatif à son individu, et se dévoue tout entier à un grand objet, celui-là est un héros, quel que soit cet objet.

Il n'y a que les idées qui puissent être les objets d'un pareil dévouement; car

quels objets resteroient encore, quand
on se sépare par la pensée de toute espèce d'intérêt particulier, et qu'on ne
connoît d'autre intérêt que le désintéressement ?

Ces idées répondent aux objets qu'on
doit aimer pour eux-mêmes, indépendamment de toute autre considération,
aux objets dont on doit se rapprocher
de plus en plus, sans pouvoir se flatter
de les atteindre entièrement, aux objets
qui appartiennent au monde intellectuel, et se révèlent dans le monde sensible par des signes ou des types impar-
faits; ces idées sont Dieu ou la religion,
la vérité ou la science, le beau ou l'art,
l'honnête ou la vertu, le bonheur général ou l'humanité, la liberté et la puissance nationale ou la patrie.

Toutes ces idées ont quelque chose
de religieux, de céleste, de divin, parce
qu'elles sont toutes invisibles, infinies,

pures et dégagées de tout ce qui flatte
l'intérêt personnel. Dieu est l'infini par
excellence, de qui tous ces objets participent, et qui leur communique les
traits de son essence adorable. On a raison de parler de la religion du vrai, du
beau, du bon, du patriotisme; car rien
ne ressemble plus au culte, que les hommages qu'on rend à ces idées, et les
grandes ames qui en sont pénétrées,
sont religieuses sans le savoir.

Saisir une de ces grandes idées avec
force, non-seulement par la force de
l'intelligence, mais avec toute la chaleur
du sentiment; en faire l'idée dominante
et directrice de sa vie toute entière et
l'ame de son ame, ou passer avec une
égale facilité de l'une à l'autre, parce
qu'elles se réunissent toutes dans l'a-
mour de l'infini; suivre ces idées avec
courage, avec persévérance, avec fermeté, tel est l'idéal d'un grand caractère.

Une ame qui se trouve placée par son tempérament naturel, ou par un grand travail sur elle-même, à cette hauteur, étant au-dessus de tout, voit tout à distance, et ne permet pas aux choses d'entreprendre sur son assiette; au-delà de tout ce que les hommes et les événemens peuvent lui donner ou lui enlever, elle se retrouve elle-même et l'atmosphère qui lui convient.

Un grand caractère peut avoir des passions; il y en a même qui lui vont bien et qui semblent lui appartenir; mais il imprime en quelque sorte aux passions qu'il éprouve, ses propres traits et le sceau de sa grandeur. Il porte dans l'ambition, dans l'amour de la gloire, dans la fierté, une manière large à laquelle on le reconnoît et qui est inimitable.

Son ambition ne dégénérera pas en cupidité, son amour pour la gloire en vanité puérile, sa fierté en orgueil; n'exis-

tant que pour les grands et éternels intérêts de l'humanité, perdant son misé-
rable moi de vue, et s'abymant volontairement dans les idées immortelles,
c'est en elles qu'il placera son ambition,
sa gloire, sa fierté; il pourra parler de
lui-même, mais il sera trop grand pour
en parler souvent et avec complaisance;
les grandes idées ou les grandes actions
lui sont trop familières, pour qu'il perde
beaucoup de temps à les raconter; son
activité, son abondance, sa richesse,
l'entraînent dans l'avenir qui l'attend, le
demande, l'appelle, et lui font oublier le
passé; il sera sensible à l'éloge, comme
au signe involontaire du respect que
les hommes ont pour les idées; mais il
méprisera la louange; lé sentiment de
sa dignité lui inspirera une véritable
aversion pour les bassesses de la flatte-
rie. Au défaut des principes, le bon goût
lui feroit déjà haïr ces exagérations-là,
comme toutes les autres; il craindra de
provoquer cette prostitution, en la per-

mettant; il se défendra de ce genre d'insulte, et il ne voudra point que ses contemporains l'avilissent aux yeux de la postérité, én s'avilissant eux-mêmes devant lui.

Tels sont les traits distinctifs d'un grand caractère; il se compose de deux élémens : des idées qui dirigent la force, et de la force qui réalise les idées.

C'est le grand caractère qui constitue le grand homme. Le génie seul ne décide pas de la grandeur. Le génie est un don de la nature; et l'homme ne sauroit être grand par ce qu'il reçoit de la nature; il ne le devient que par les qualités qu'il se donne à lui-même, sa grandeur doit être son propre ouvrage; la perfection de la volonté est bien supérieure à celle de l'esprit, car elle est l'effet de la volonté elle-même.

On sait rarement ce qui appartient

au génie, ou aux circonstances qui l'ont
favorisé, aux secours qu'il a trouvés
dans les autres, et à l'enchaînement des
causes secondes qui ont tiré de ses travaux de grands résultats; on sait bien
plus sûrement ce qui appartient à un
grand caractère; lui-même du moins a
toujours la conscience de ce qu'il se doit
à lui-même.

Comme toutes les forces de la nature,
le génie n'a qu'une énergie relative;
tout dépend du point de comparaison;
on peut déterminer en quoi consiste la
perfection absolue de la volonté; on ne
peut et l'on ne doit pas affirmer qu'il
soit impossible d'y atteindre.

Comme toutes les forces de la nature,
le génie n'a qu'une valeur conditionnel-
le, qui tient à la direction et à l'objet
qu'on lui donne; le caractère décide
seul de cette direction et de cet objet;
ainsi en dernière analyse, la grandeur

du caractère peut seule donner de la
grandeur au génie.

Peut-être même qu'une certaine vigueur de génie est inséparable d'un grand
caractère. L'empire des idées sur une
ame élevée et énergique, suppose toujours une grande force d'intelligence.
Aussi un grand caractère donne toujours
à ses ouvrages, que ce soit des actions
ou des écrits, le sceau de l'originalité; il
répand sur tout ce qu'il fait une magie
poétique et divine, parce que tout ce
qu'il fait prouve l'inspiration.

La présence des grands caractères
s'annonce d'une manière frappante dans
les siècles et les pays qui ont eu le bonheur d'en posséder, et ils ont exercé sur
le monde moral une heureuse et puissante influence. Des entreprises hardies
sans être gigantesques; des travaux longs
et difficiles, dont la postérité devoit re-
cueillir les fruits; du respect pour les

I.   5

temps anciens, de l'intérêt pour les temps
à venir, peu d'idées, mais des idées grandes, actives, toujours présentes; peu de
discours et beaucoup d'actions; un langage mâle, animé, énergique ; de la
force et non de l'effort; des sacrifices
sans ostentation; des passions sans petitesse dans le choix des objets et des
moyens; des haines et des attachemens
prononcés sans motifs personnels; dans
l'administration des états, la conviction
de leur immortalité, et par conséquent,
des vues longues et vastes; dans la politique, la gloire préférablement à des
avantages lucratifs, et l'honneur avant
le profit; dans les guerres la victoire ou
la mort; dans les mœurs, de la loyauté
et de la franchise; dans la philosophie,
de la profondeur sans obscurité, de la
pénétration sans subtilité, un sens élevé, droit et pur; dans la poésie et dans
les arts, une manière large et naturelle;
dans les formes, de la dignité, et dans
tout une simplicité noble et imposante;

tels sont quelques-uns des traits caractéristiques de ces siècles fortunés.

Le contraste fera encore mieux sentir la nature et la beauté de l'empreinte
que les grands caractères ont donnée à
leur siècle; dans ceux où ils avoient
disparu, qu'avons-nous vu? Beaucoup
d'idées en circulation, mais peu de principes, peu d'idées idéales et qui, s'enra-
cinant dans l'esprit, ayent eu sur les
actions une influence décisive; de l'activité intellectuelle, mais plutôt des bou-
leversemens continuels que de véritables progrès; du mépris pour le passé,
fruit de l'indifférence et de l'orgueil;
cette profonde indifférence pour l'avenir, qui sacrifie les générations futures
au bien-être du moment, et qui déshé-
rite les enfans après avoir dépouillé les
pères; des plans sur tous les objets, saisis et abandonnés avec une égale promp-
titude, qui ne partent que de la tête, et
meurent là où ils sont nés; de la har-

diesse dans les projets, et de la timidité
dans les mesures d'exécution.

Dans des périodes pareilles que sont
devenues la science, l'art, la religion,
les sociétés politiques?

La science? Dégradée du rang qui lui
appartient, elle est estimée à raison de
ce qu'elle a de moins estimable, de son
utilité; comme si elle n'avoit point de
prix en elle-même, on fait d'elle un simple instrument. La plupart de ceux qui
la cultivent, ne voient d'elle que ses
applications à la société et les succès
qu'elle donne; il y en a peu qui, l'aimant
d'un amour pur et désintéressé, préfè-
rent la vérité à tous les avantages de la
vérité.

Que devient l'art? Il quitte le monde
idéal qui est son domaine naturel, pour
habiter la réalité; tandis qu'il ne devroit
y descendre que pour emprunter d'elle

les formes dont il doit revêtir les idées;
il s'y établit, s'y fixe, ne voit, ne connoît, ne copie, ne reproduit qu'elle. Les
prétendus amateurs de l'art, ne cherchent dans l'art qu'un supplément aux
plaisirs des sens, et ne lui demandent
que de charmer leur ennui et de leur
procurer des sensations agréables; il
leur en coûteroit trop de se renier eux-
mêmes, pour se transporter dans le véritable monde de l'art; ainsi sans faire
aucun effort d'imagination, ils veulent
uniquement se retrouver eux-mêmes
dans la poésie et dans les arts du dessin.
Les artistes condamnés à travailler pour
un public pareil, se dégradent insensiblement eux-mêmes; ils tâchent de faire
des ouvrages assortis à la médiocrité de
la génération qui les demande; peu leur
importe que ces ouvrages leur survi-
vent, pourvu qu'ils les fassent vivre;
l'immortalité ne vaut pas à leurs yeux
une vie mortelle, sensuelle et opulente,
et l'on voit quelquefois le génie lui-

même descendre jusqu'à son siècle, au lieu de l'élever à son niveau.

Que devient la religion ? Aux yeux des gouvernemens elle n'est plus qu'un frein pour le peuple, une espèce de police secrète; pour des ames efféminées, une source de douces rêveries, qui produit à-peu-près sur les organisations délicates les mêmes effets que la musique; pour la majorité des hommes, une tradition surannée, une vieille *machinerie* qui a pu rendre autrefois de bons services, et dont on peut se passer aujourd'hui; on ne se doute pas qu'elle est le rapport éternel de l'homme avec l'infini, la couronne de l'humanité.

Que devient la patrie? Le lieu où le hasard vous a fait naître, qui n'inspire aucune affection, n'impose point de devoirs, ne mérite point de sacrifices; où l'on reste tant qu'on y vit agréablement, et que l'on quitte sans regrets et sans remords, du moment où les dangers la menacent et où l'on pourroit être mieux ailleurs.

Que deviennent les états? Les états ne sont plus regardés comme des personnes morales qui ont des droits et des obligations, et qui en imposent; ni comme des corps organisés dont les individus sont autant de parties intégrantes, et qui ne peuvent subsister sans la vie du corps entier, mais comme des rassemblemens fortuits d'êtres vivans, où chacun forme un tout, et peut fort bien exister sans la conservation de l'ensemble; les gouvernemens ne sont plus considérés comme un principe vital et organique, sans lequel les individus, obéissant à leurs affinités naturelles avec l'égoïsme, tourneroient en dissolution, mais ce sont des cercles plus ou moins forts qui empêchent pour quelque temps des douves plus ou moins pourries, de tomber en morceaux.

Voilà ce que sont devenus dans les
époques qui ont été dénuées de grands
caractères, la science, l'art, la religion,
la patrie, l'ordre social, tout ce qu'il y
a de sacré parmi les hommes. Alors on
ne sait plus aimer ni haïr, car il n'y a
plus d'étoffe dans l'ame pour les passions;
mais on sait s'attacher à qui vous sert
ou peut vous servir, et nuire à qui vous
nuit ou peut vous nuire; on parle beaucoup et l'on agit peu; les arts deviennent jolis, la science usuelle et popu-
laire, le luxe éphémère et mesquin, les
manières ignobles, le ton commun; alors
on est tolérant par indifférence, humain
par mollesse, pacifique par goût pour
le repos; on met la sûreté avant l'indépendance et l'honneur, et sa propre su-
reté avant tout; on aime mieux végéter
misérablement que mourir avec gloire;
tout se rapetisse et se rétrécit; le monde
dépourvu de grands caractères, n'est
plus qu'un cadavre qui conserve des apparences de vie; et l'espèce humaine

ayant perdu et les pensées infinies qui
l'ennoblissent, et la force qui constitue
la véritable existence, n'inspire plus que
la pitié ou le dégoût. Tel étoit l'état
du monde romain au commencement
du cinquième siècle de l'ère chrétienne.
Ils parurent alors sur la terre ces con-
quérans, les fléaux de Dieu, qui ne
vouloient que le mal et l'esclavage de
tous, mais qui savoient ce qu'ils vouloient; attaquant la civilisation avec toutes les richesses de la civilisation, et
chassant devant eux avec une verge de
fer les peuples dégénérés, ils ont eu bon
marché de cette génération abâtardie;
la postérité a eu plus d'horreur pour les
tyrans, que de pitié pour les victimes
qui avoient mérité leur sort, et la postérité a été juste.

Quelle différence prodigieuse entre
les siècles! Dans l'un, les grands caractères se présentent en foule, et donnent
à la masse entière de leurs contempo-

rains un certain degré d'énergie et d'é-
lévation ; dans l'autre, les grands caractères sont tellement rares, que le siècle
entier tombe dans une nullité et une
dégradation complètes.

A quoi tient ce phénomène ? Faut-il
s'en prendre à la nature ? Est-elle dans
certains momens plus féconde, plus
énergique, plus heureuse que dans d'autres ? ou les germes des grands caractères, répandus également sur toute la
suite des siècles, meurent-ils souvent
inconnus et ignorés, par l'absence des
conditions de leur développement ?

Comme la grandeur du caractère dépend de la volonté, et que la volonté ne
seroit plus libre, si, pour vouloir, elle
avoit besoin d'autre chose que d'elle-
même, on doit admettre qu'il n'est jamais impossible que de grands caractères se forment et se montrent ; mais il
est certain qu'il est des états donnés de

civilisation qui leur sont plus favorables que d'autres, et où ces plantes naturellement vigoureuses pousseront un
jet plus puissant.

Nous avons vu que la grandeur du
caractère se compose de deux élémens,
de l'énergie de la volonté et de l'empire
des idées sur la volonté : elle suppose
de la force et de l'élévation d'ame. Or
une nation sauvage ne connoît d'autre
énergie que celle des besoins, et de vigueur que celle des organes; une nation
barbare n'a d'autre force que celle des
passions; toutes deux sont plus riches
en sensations qu'en sentimens, et trop
enveloppées dans la matière pour s'élever jusqu'au monde des idées. A l'époque où les progrès des arts ont amené
ceux du luxe, et où le luxe a détrempé
les ames, la volonté s'effémine et s'amol-
lit; on manque de l'élévation nécessaire
pour saisir les idées, et surtout de force
pour les réaliser; les extrêmes se tou-

chent, le plus haut degré de civilisation
produit les mêmes effets que l'absence
de toute civilisation; on ne demande
que des sensations agréables, et l'on ren-
tre sous la tutelle des besoins. Les grands
caractères cessent.

Dans le cercle que décrivent les sociétés politiques, et qui les ramène au
point d'où elles étoient parties, le moment le plus favorable au développement
des grands caractères, est celui où les
sociétés sont placées à une distance à-
peu-près égale de la barbarie et de la
dégénération de la culture. Les nations
parvenues à ce période qui réunit tous
les avantages de la fleuraison à ceux de
la maturité, sont ouvertes aux idées intellectuelles, disposées à l'enthousiasme, capables de sacrifices, de constance
et de fermeté.

Dans cette belle saison de la vie des
peuples, les corps sont sains et vigou-

reux, les organes souples et élastiques,
les générations se transmettent un sang
pur, frais, abondant; ce ne sont encore
que les moyens et les instrumens des
grandes actions, mais tout est préparé
pour le moment où l'ame les inspirera;
une éducation austère et mâle, forme
les esprits à la liberté, en les formant à
l'obéissance, et leur apprend le secret des
sacrifices, en leur donnant l'habitude
des privations; un travail journalier,
soutenu sans être excessif, dispose l'ame
au sérieux de la vie, et la rend propre
aux entreprises qui demandent de la
suite et de la tenue ; un genre de vie
simple fortifie la volonté, écarte d'elle
toutes les entraves qui résultent de la
multitude des besoins; des affections
naturelles d'autant plus vives et plus
profondes, que le cœur ne dissipe pas
son feu en le répandant sur un trop
grand nombre d'objets, les affections du
sang, de l'amitié, de la patrie, échauffent
et embrasent l'ame; elles y entrent de

bonne heure, elles y règnent sans partage, et lui enseignent le grand art de
s'oublier elle-même et de vivre dans
autrui.

Telles sont les causes qui donnent
de la force et de l'énergie aux caractères, et permettent aux hommes d'élite
d'acquérir et de déployer de la grandeur.

A ces causes qui agissent chez un
peuple à l'époque que nous avons déterminée plus haut, s'en joignent d'autres tout aussi actives qui amènent,
étendent et assurent chez ces mêmes nations le règne et l'empire des idées; une
raison modeste, une sensibilité profonde,
une imagination vive, l'instruction des
choses de la nature. Alors la raison est
assez éclairée pour se rendre compte à
elle-même de ses opérations, et pour
rejeter tout ce qui est contradictoire;
mais elle ne repousse et ne nie pas tout

ce qui est inexplicable, et elle sent que, pour comprendre quelque chose, il faut commencer par admettre l'incompréhensible; elle ne s'égare pas dans de vaines subtilités, elle saisit les grands traits, s'attache aux masses, tient avec force à un petit nombre de principes et s'abandonne avec confiance aux idées de religion, de vérité, de patrie. Alors le sentiment est le principal point d'appui de l'homme, et en même temps l'étoile polaire qui l'oriente; le sentiment est le centre de l'activité de l'ame; toutes les autres facultés travaillent pour lui, et à son tour il les entretient et les féconde toutes. La raison qui mérite d'autant plus ce nom, quand elle connoît d'autres preuves, d'autres moyens, d'autres mobiles que des raisonnemens, la raison invoque elle-même les secours de la sensibilité, et la préfère à l'esprit qui sépare, distingue et décompose; tandis que le sentiment réunit dans un même foyer les rayons épars, et en fait

un principe de chaleur et de vie. L'esprit détermine et circonscrit tous les objets ; lui-même opère dans une sphère
circonscrite ; le sentiment a quelque
chose d'infini dans sa nature mystérieuse, et entraîne l'ame vers tout ce qui
est idéal. Alors l'imagination allumée et
nourrie par les beautés de la nature,
dont les institutions sociales n'ont pas
encore éloigné l'homme ; par des fêtes
publiques et nationales, par les cérémonies religieuses, par les créations des
arts, par les fictions riantes et les chants
sublimes de la poésie, répand une teinte
poétique sur la vie toute entière, et fait
aimer le merveilleux des actions, des
entreprises, des sacrifices. Alors les livres
n'existant pas encore, ou étant encore
rares et difficiles à acquérir, les hommes
reçoivent l'instruction de la nature et
des choses, et les impressions des objets
sont d'autant plus vives, plus fraîches,
plus profondes. La puissance de la parole électrise les ames et enfante des

miracles; l'homme agit sur l'homme; les
esprits ne sont pas allanguis et les cœurs
attiédis par des signes morts qui ne peuvent pas donner plus de vie qu'ils n'en
ont eux-mêmes, qui nourrissent le doute,
provoquent les objections, et font, des
idées les plus ravissantes et les plus
sublimes, des objets de spéculation ou
même d'ergoterie. Ce n'est pas la froide
et sévère analyse qui conserve la vie
morale et assure l'empire des idées sur
l'homme; autant vaudroit-il dire que la
chimie conserve la vie et la beauté des
formes; ni l'une, ni l'autre n'ont jamais
rien créé; dans leur creuset dévorateur
les formes s'effacent, les idées se dé-
composent, la vie disparoît; il ne reste
de la plus belle plante que des terres et
des sels; du plus parfait idéal que des
élémens de représentation, de la poussière d'idées. C'est chez les peuples où
le principe créateur et conservateur de
l'imagination, l'a emporté sur le principe destructeur et dissolvant d'un esprit

subtil, que les idées se sont élévées du
sein des profondeurs de l'ame, ont gardé
leur majesté imposante, et ont donné
aux caractères une impulsion généreuse,
forte, durable, irrésistible.

Telles sont quelques-unes des conditions de l'empire des idées sur les hommes; elles se sont rencontrées chez les
peuples également éloignés de la barbarie et d'une fausse culture, où, l'homme
tout entier se développant avec harmonie, une de ses facultés n'acquéroit pas
une prépondérance funeste sur toutes
les autres, où l'imagination, le sentiment, la vie de la nature, étendoient
et fécondoient le champ de l'intelligence.

Deux fois on a vu en Europe toutes
les causes qui favorisent le développement des grands caractères, se réunir à
des époques données de l'histoire des sociétés civiles, et deux fois les annales du

monde ont présenté une riche moisson
de grands caractères.

La première fois, ce fut sous le beau
ciel de la Grèce et de l'Italie, au sein
des institutions mâles et vigoureuses,
ou libérales et poétiques de Sparte,
d'Athènes et de Rome, dans les siècles
de jeunesse et de gloire de ces républi-
ques immortelles. Lorsque Sparte et
Athènes combattoient pour la liberté et
la plaçoient dans l'indépendance de
toute espèce de joug; lorsque Rome
combattoit pour l'empire, comme pour
la seule garantie de sa liberté, parut cette
foule de grands caractères dont la majesté étonne et confond notre foiblesse,
de citoyens purs, généreux, énergiques,
qui naissoient, vivoient et mouroient
sous l'empire des idées, ne respiroient
que pour la liberté et pour la patrie, savoient tout entreprendre, tout perdre,
tout braver pour les objets de leurs nobles
passions, et qui, au milieu des ruines des

états qu'ils avoient créés ou sauvés ou
défendus, sont encore debout, comme
autant de colonnes indestructibles qui
portoient le monde ancien.

La seconde fois, c'est dans le moyen
âge que l'Europe a offert ce brillant
spectacle. Lorsque la chute tardive de
l'empire romain eut vengé la longue
honte des nations, les peuples germa-
niques régénérèrent l'espèce humaine.
Barbares mais vigoureux, énergiques,
sains de corps et d'esprit, la nature les
avoit préparés et réservés au sein des
forêts, pour renouveler le sang appau-
vri des nations dégradées par les excès
du despotisme et par ceux de la servitude, et ils déposèrent dans tous les états
un principe de force et de vie, les germes d'une nouvelle culture. Il fallut sans
doute du temps, avant que la force qui
avoit tout détruit, devînt une force re-
productrice, et que la nouvelle création
sortît du chaos; mais le moment arriva

où l'espèce humaine recommença à neuf
le travail de la civilisation. Alors on vit
renaître toutes les circonstances qui
donnent de la trempe et de l'énergie
au caractère. Alors reparurent les idées
éternelles qui lui impriment une sainte
et sublime direction. Ce grand mouvement commence dans le onzième siècle,
avant l'époque des croisades, et se pro-
longe fort au-delà du moment qui les
vit cesser; on peut regarder ces guerres
saintes, comme la période de la fermen-
tation universelle des esprits, comme
une crise salutaire qui a décidé de la
constitution et du tempérament des peuples. Si dans quelques-unes de leurs phases elles ont ressemblé au délire de la
fièvre, les siècles ou les états attaqués
de consomption et de fièvre lente, pourroient encore les envier. Le moyen âge
que nous méprisons dans notre orgueil-
leuse foiblesse, et où il y a eu, du moins
pour une partie de l'espèce humaine,
plus de liberté, d'élévation, d'héroïsme,

de grandes pensées et de grandes actions, que dans la moderne Europe; le
moyen âge écraseroit le nôtre de son
poids, s'ils étoient appelés à lutter ensemble. Que pourrions-nous opposer en
fait de force, de pureté et de hauteur
de caractère, à ces pieux missionnaires
qui s'engageoient dans les horreurs d'une
vie pénible, agitée, composée de privations et de dangers, pour répandre dans
la masse grossière d'un peuple barbare,
la première étincelle du feu sacré, et
mouroient avec joie au milieu des sup-
plices? à ces religieux respectables qui
partageoient leur temps entre la prière
et des défrichemens immenses, et quit-
toient un pays cultivé, pour aller, dans
les déserts et dans les forêts, porter aux
sauvages les bienfaits de l'agriculture? à
ces preux et nobles chevaliers qui faisoient avec humilité des choses admirables, regardoient les actions les plus héroïques comme de simples bonnes actions, chez qui l'enthousiasme pour la

religion, la gloire, la liberté, précédoit
le dévelopement des forces et leur sur-
vivoit encore, qui méritoient de trouver
des poëtes et des historiens, et qui souvent n'ont pas même trouvé des chroni-
queurs? à ces souverains hardis, fermes
et fiers, qui bravoient les foudres de l'é-
glise, et combattoient pour l'indépendance des états, contre le despotisme
spirituel? à ces chefs de l'église, à ces
pontifes pleins de vastes et hautes pensées, qui ont caché quelquefois leur ambition sous le masque du zèle, mais qui
souvent aussi ont paru suivre leurs passions lorsqu'ils suivoient de grandes
idées; qui opposoient les principes à la
force, l'opinion au glaive, l'autorité de
la religion au despotisme civil des em-
pereurs et des rois? Cette longue lutte
du sacerdoce et de l'empire a empêché
l'établissement des deux genres de despotisme que le monde doit également
redouter. Ce que nos pères ont eu, et
ce que nous avons encore de liberté, est

un bienfait inestimable que nous devons
aux grands caractères du moyen âge.

Les trois derniers siècles qui lui ont
succédé, participent à ses richesses dans
ce genre, selon qu'ils se rapprochent de
lui, et perdent de leur état à mesure
qu'ils s'en éloignent. Le seizième siècle,
le siècle des commotions politiques et
religieuses qui n'expirèrent entièrement qu'à la paix de Westphalie, est
aussi celui des grandes formes morales ; et il présente une masse imposante
d'ames fortes et élevées qui ont imprimé un sceau particulier à tous les événemens de cette époque féconde en prodiges. Les grands caractères deviennent
déjà plus rares vers la fin du dix-sep-
tième siècle. C'est le siècle des beaux
génies et des belles ames. Il y a encore
beaucoup de mesure, de noblesse, de
dignité dans les actions, les discours et
les écrits; mais il y a moins de force que
de beauté, moins d'élan, d'enthousias-

me, de vigueur, que d'harmonie, de
goût et de perfection. Le dix-huitième
siècle est, à un petit nombre d'exceptions près, le siècle des hommes d'esprit,
qui, couvrant leur foiblesse et leur égoïsme, de mots heureux, de phrases brillantes, de petites réflexions ingénieu-
ses, et d'une abondance de sophismes, ou
qui, substituant l'exagération à la grandeur, et l'effort à la force, placent la liberté dans la licence, la soumission dans
une servitude avilissante, et la majesté
dans l'enflure d'une vaine représentation.

Cependant à l'entrée et à la fin du dix-
huitième siècle, s'offrent deux hommes
qui semblent ne pas lui appartenir, et
qui, par la grandeur de leur caractère,
sont les égaux de tout ce que le monde
ancien a eu de plus grand.

L'un ouvre cette période dégénérée ;
c'est Pierre, le créateur de la Russie (car

son singulier rival, Charles XII, n'avoit qu'un des élémens de la vraie grandeur, la force); l'autre la ferme, c'est Frédéric. Quelque différens que soient ces deux héros, quoique l'un dans la poésie de sa vie soit inégal et sublime, comme Dante et Michel-Ange, l'autre sublime et parfait, comme Sophocle et Raphaël, ils se rapprochent et se ressemblent sous le rapport de la grandeur de leur caractère, qui étoit bien plus étonnante que celle de leur génie. Tous deux ont été absorbés, pendant toute leur vie, par la grande idée d'assurer l'indépendance politique de leur patrie, d'asseoir et d'appuyer cette liberté sur la véritable base, la puissance, et de faire naître cette puissance du développement de toutes les forces de leur nation; tous deux ont été guerriers; mais la guerre n'a été pour eux qu'un moyen de placer dans leur nation même la garantie de son existence et de ses droits; ils n'ont pas voulu asservir le monde, mais ils ont voulu de conquêtes, ce qu'il en falloit pour ne pas être asservis; bien loin de se laisser enivrer par leurs succès et d'aller aussi loin que la fortune auroit pu les porter, ils ont su s'arrêter; et après avoir étonné et effrayé le monde par leurs victoires, ils l'ont rassuré par leur modération; tous deux ont essuyé de terribles revers et remporté des triomphes prodigieux, et tous deux ont supporté les faveurs et les disgraces de la fortune; les unes, sans la foiblesse de la jactance et de l'orgueil, les autres, avec le calme d'une ame qui se suffit à elle-même et qui a la conscience de ses ressources; tous deux ont été simples, modestes, passionnés pour les arts et pour les lumières, plus jaloux de créer et de conserver, que de détruire. Les vices de Pierre étoient, à cette époque, ceux de sa nation à qui il falloit peut-être un peu ressembler pour la réformer et la refondre; les foiblesses de Frédéric ont été un tribut payé à l'huma-

nité; et aussi souvent que de vils dé-
tracteurs qui voudroient tout rabaisser
au niveau de leur propre petitesse, tou-
cheront à sa gloire, qui est une véritable propriété nationale, la Prusse doit
répondre simplement, avec autant de
fierté que Scipion, le sauveur de Rome,
répondit à ses ennemis: *Allons remer-
cier les dieux de ce qu'ils nous ont —
donné ce grand homme.*

Qu'il me soit permis d'énoncer un
vœu en finissant; les botanistes rangent
les plantes par familles, et un voyageur
illustre [1], que la Prusse a l'honneur d'a-
voir produit, et cette société [2] le bonheur
de posséder dans son sein, a développé
dans un mémoire étincelant de beautés,

[1] M. Alexandre de Humboldt, dans un Mémoire sur la physionomie des plantes, inséré dans
ses Tableaux de la nature, 2 vol. in-12. Paris,
chez F. Schœll, 1808.

[2] L'académie royale de Prusse, où cet Essai a
été lu en 1806.

l'idée heureuse de grouper les plantes
relativement à leur physionomie, et à
la teinte particulière qu'elles donnent
au paysage. Ne pourroit-on pas de même écrire l'histoire des grands caractères, en les réunissant et en les groupant
conformément à la couleur particulière
qu'ils ont reçue de l'idée dominante
dont leur vie toute entière a été l'expression? La patrie, la liberté, la religion, la science rassembleroient chacune
ses héros sous sa bannière; et ces masses
de héros qui se ressembleroient par la
force et l'énergie de leur volonté, offriroient des différences intéressantes d'at-
titude, de ton, de caractère, qu'ils de-
vroient à l'objet de leurs généreuses passions. On verroit les siècles et les nations
se rapprocher sous ces enseignes glo-
rieuses; on verroit Aristide et Sully,
Phocion et Barneveldt, Epaminondas et
Ruyter et Schwérin, Annibal et Régu-
lus, vivre et mourir pour la patrie; la
liberté placeroit sur la même ligne Har-

modius et Aristogiton, Cassius, Brutus
et Guillaume Tell, Décius et Winkel-
ried, les Gracques et Jean de Witt et
Algernon Sidney, Arminius et l'électeur
Maurice de Saxe, Sertorius et Coligni,
Mithridate et Guillaume III; la religion
réuniroit ceux qui la servirent de leur
plume ou de leur épée, Saint-Augustin
et Villiers de l'Isle-Adam, Saint-Bernard
et Godefroi de Bouillon, Luther et Gus-
tàve-Adolphe, Calvin et Guillaume le
taciturne et le duc de Rohan; adora-
teurs de la science et de la vérité, So-
crate et Fénélon, Zénon et Pascal, Pla-
ton et Malebranche, Aristote et Leibnitz et Kant, Galilée et Newton, se cher-
cheroient et se retrouveroient par une
attraction secrète; le Tasse et le Pous-
sin, Dante et Milton, Homère et Virgile, Eschyle et Shakespear, Sophocle et
Goethe, Pindare et Klopstock et Gray,
attacheroient sur l'idéal de l'art, leurs
regards de feu, tour-à-tour calmes ou
passionnés ou attendris. Quelle éblouis-

sante réunion! quelle riche source de
rapprochemens! Quel moyen de relever
la dignité de la nature humaine! Quel
spectacle inspirant pour des ames vivantes et saines! Ce travail seroit aussi difficile que magnifique; mais au défaut
d'un entier succès, celui qui se livreroit
à cette belle entreprise auroit du moins
la douce consolation de vivre avec l'é-
lite de l'espèce humaine, et s'agrandi-
roit lui-même dans un commerce intime
et journalier avec les grands caractères
de tous les siècles.

ESSAI

SUR

LE NAÏF ET LE SIMPLE.

ESSAI

SUR

LE NAÏF ET LE SIMPLE.

QUAND nous avons rendu hommage aux conceptions de l'art, et que nous avons contemplé dans le silence du recueillement ses divins ouvrages, nous aimons à délasser et à reposer nos regards sur un paysage doux et riant, où la nature abandonnée à elle-même répand sa grace irrégulière et toute la richesse de ses couleurs.

De même aussi, après avoir payé le tribut du respect, aux vertus fortes et héroïques de l'ame, et aux qualités qu'elle n'acquiert que par un grand travail sur elle-même, on se plaît à saisir ces qualités aimables qu'elle ne doit qu'à la nature, et qui forment avec les premières un contraste piquant.

Après avoir présenté des réflexions sur l'élévation et la force qui constituent les grands caractères, je voudrois saisir les nuances de la naïveté et de la simplicité.

L'ame sort quelquefois volontairement de ses profondeurs, et répand elle-même de la lumière sur ses opérations; quelquefois aussi à son insçu un demi-jour l'éclaire aux yeux des autres; ce demi-jour est la naïveté.

La naïveté consiste proprement à dire soit par ses actions, soit par ses gestes, soit enfin par ses discours, beaucoup plus qu'on ne veut et qu'on ne croit dire.

La naïveté plaît, parce qu'elle est la
révélation d'un mystère; elle lève le voile qui couvre l'ame, et nous y fait faire
des découvertes. Nous aimons tout ce
qui est neuf et piquant.

On peut distinguer le naïf du sentiment, le naïf de l'esprit, le naïf du caractère; mais toujours dans tous ces différens
genres, on dit et l'on exprime non-seulement plus qu'on ne veut, mais encore
plus qu'on ne s'imagine dire et exprimer.

La réflexion empêche le naïf de l'esprit. Dès qu'on réfléchit beaucoup, bien
loin d'ignorer le prix ou la valeur de
ce qu'on va dire, on attache du prix à
tout ce que l'on dit et même on exagère
sa valeur. La prudence et les formes
conventionnelles qu'elle a créées empêchent le naïf du sentiment et du caractère. On craint les suites d'un moment
d'abandon, et l'on finit par ne plus pouvoir s'abandonner à ses sentimens.

Dans un monde où la naïveté seroit générale, personne ne seroit naïf. Pour que la naïveté puisse exister, il faut placer à côté de ceux qui disent plus qu'ils ne croyent dire, des hommes qui saisissent et devinent tout ce qui échappe aux premiers; il faut placer le calme de l'observation à côté du mouvement de la passion, et la prudence à côté de l'imprudence. Alors seulement naît le contraste qui paroît être de l'essence de la naïveté.

Les peuples, comme les individus, commencent par avoir de la naïveté, et finissent par la perdre; le sauvage est naïf comme l'enfant.

L'enfance est naïve et ce caractère la rend touchante; les enfans attendrissent même l'âme la moins sensible. Mais cette émotion volontaire qu'ils nous font éprouver, ne tient pas uniquement à la naïveté de leur langage. Ils offrent l'i-

mage du bonheur; nous l'avons possédé
comme eux ; ils le perdront comme
nous; ils nous rappellent le passé, et les
souvenirs exercent sur l'homme un empire tout particulier. Nous prévoyons
pour eux des malheurs dont ils ne se
doutent pas dans leur heureuse ignorance. Enfin comme toutes leurs facultés et leurs forces sommeillent encore,
ils nous présentent une capacité et une
réceptivité vagues et illimitées; or cette
idée de l'infini fait toujours incliner à
l'attendrissement. Les enfans ne se doutent pas de tout ce qu'ils nous disent et
nous expriment par leur présence seule. Ils sont naïfs.

Il en est de même des sauvages d'un
caractère doux et paisible. En lisant les
voyages de Coock, nous envions le sort
des peuples placés fort au-dessous de
nous sur l'échelle de la culture. Peut-
être les croyons-nous heureux, uniquement parce que nous ne le sommes pas;

les insulaires de la Mer du Sud sont
dans un autre état que nous, et il nous
semble que tout état différent du nôtre
lui est préférable. Nous avons perdu
l'innocence en acquérant la liberté réfléchie, et nous devons, par le bon usage
de la liberté, revenir à une sorte d'innocence. Les sauvages nous offrent cet
âge d'or de l'espèce humaine, qui doit
lui avoir servi de point de départ, et
auquel elle doit retourner après de
longs égaremens; les sauvages nous l'offrent sans le savoir; ils sont naïfs.

La naïveté est plus piquante dans les
femmes que dans les hommes. La grâce
leur appartient; or la nature est toujours gracieuse et la grâce toujours
naïve.

La grâce et la naïveté s'annoncent par
la liberté des mouvemens du corps, de
l'esprit, de l'âme, par des mouvemens
libres que la beauté ne désavoue pas.

La naïveté est plus commune chez les femmes que chez les hommes. Les femmes sont les esclaves des convenances, des usages, des règles arbitraires; la nature étant donc plus souvent chez elles en conflit avec l'art, doit aussi en triompher plus souvent, et paroît bien plus aimable que dans le sexe qui peut se permettre presque tout impunément.

Plus un siècle s'élève au-dessus des autres par la finesse de ses idées, par la justesse de ses combinaisons, par ses vues longues et étendues, par la connoissance et la crainte des hommes, et plus il est difficile d'y paroître naïf, quand on lui appartient, et plus il est facile de lui paroître naïf, quand on appartient à un siècle différent.

Les langues sont naïves, quand elles ont été parlées par un peuple long-temps naïf qui y a laissé son empreinte; la naïveté d'une langue consiste dans une

certaine abondance d'expressions et de
tournures qui ont de la simplicité, de
la grâce, de la négligence, de la briève-
té, et qui disent plus qu'elles ne paroissent dire au premier coup-d'œil.

La langue françoise est éminemment
naïve. Il est singulier, mais il est vrai
que le peuple chez qui les formes de
la société ont pris naissance, et chez qui
elles ont exercé le plus d'empire, est un
de ceux qui conservent le plus de naïveté; la vivacité d'esprit et la gaîté d'i-
magination, qui ont de tous temps ca-
ractérisé les François, favorisent la naïveté.

Dans la règle, chez les nations développées au plus haut degré, la naïveté appartient presque exclusivement aux hommes
de génie, qui sont trop riches pour s'a-
percevoir de toutes leurs richesses; elles
leur échappent en quelque sorte. Tout
ce qu'un homme dit par principes, au

mépris de son intérêt et des formes conventionnelles de la société, contre des
choses que tout autre à sa place se gar-
deroit bien d'attaquer, n'a plus rien de
naïf. On admire des actions et des discours de ce genre, parce qu'ils portent
l'empreinte d'un caractère noble et pur;
ils annoncent un haut degré de courage
d'esprit, mais ils n'ont pas le charme de
la naïveté.

La naïveté est l'appanage du génie;
c'est qu'il n'y a point de génie sans inspiration, et que l'inspiration n'est autre
chose que cet état de l'âme, où sans savoir comment ni pourquoi, elle amène
une foule de combinaisons neuves, hardies, brillantes, faciles, et où ses créations lui inspirent à elle-même l'enthousiasme qu'elles inspirent aux autres.

La supériorité de l'homme de génie
dans son genre, supériorité qui tient en
partie à ce qu'il a une idée dominante,

et son ignorance et son incapacité pour tout le reste, qui tiennent à une sorte d'indifférence, forment un contraste piquant et naïf qui donne à l'homme de génie l'air d'une intelligence supérieure, et en même temps l'air d'un enfant.

La naïveté du génie est une des sources de son originalité et du plaisir qu'il nous fait. Un esprit naïf et original frappe et étonne, comme frapperoit l'apparition subite d'une nouvelle espèce de plantes et d'animaux. On diroit, à voir cet étonnement, que l'espèce ne se ressemble plus à elle-même, ou que cet homme ne ressemble plus à l'espèce humaine. Mais cet étonnement est mêlé de plaisir. Un homme naïf et original plaît généralement, parce que c'est une idée nouvelle qui reproduit dans son intégrité la liberté de la nature humaine. Il paroît étranger à toutes les limites qui nous entravent et nous modifient. C'est une hardiesse heureuse.

La naïveté est aimable, la simplicité est imposante; la première est gracieuse, la seconde belle et même quelquefois sublime.

Dans l'acception primitive du mot, le simple est le contraire du composé.

Il y a une simplicité dans les idées, une simplicité dans les arts, et une simplicité de caractère dans le monde moral, qui offrent des points de différence et des points de contact, et qui méritent d'être examinées.

Simplicité dans les idées.

Tout ce qui est simple est toujours un; mais tout ce qui est un n'est pas par cela même simple.

Un objet peut offrir unité parfaite, parce qu'il ne présente pas diversité d'élémens, et alors sa simplicité le rend un. Un objet peut offrir unité parfaite, en tant que la multitude d'élémens qu'il présente vont aboutir et conspirer au même centre. Alors il est un sans être simple ; il est un malgré sa composition.

Comme ce qui est simple est éminemment un, nous recherchons la simplicité, parce que nous cherchons l'unité ; et comme tout ce qui est un présente une sorte de simplicité, fût-elle apparente ou du moins artificielle, nous aimons l'unité, parce que nous aimons la simplicité.

Le besoin d'unité, et par conséquent le goût de la simplicité, tiennent à tous les points de notre nature, et naissent en quelque sorte de toutes nos facultés. Nous ne pouvons saisir un objet par les sens, qu'en réunissant dans un même aperçu toutes ses parties ; l'imagination ne peut créer un objet, qu'en réunissant dans une combinaison unique tous les élémens dont il se compose ; le jugement ne peut prononcer sur deux idées ou sur deux objets qu'en les unissant, soit pour les affirmer, soit pour les nier l'un de l'autre; enfin la raison, enchaînant les idées ou les objets les uns aux autres, ne s'arrête dans sa marche que lorsqu'elle est parvenue à quelque chose d'absolu; un être absolu, un principe absolu, peuvent seuls donner à nos connoissances de la solidité et de la perfection.

Aussi voyons-nous que la raison a ramené les faits particuliers à un certain nombre de faits généraux, à quelques lois simples et uniformes, et elle auroit bien voulu fondre toutes ces lois dans une seule formule; elle a tâché d'expliquer les effets par un petit nombre de causes; ces causes ont été réduites à quelques forces primitives, ces forces primitives à la matière et à la pensée; et l'on voit dans l'histoire de la philosophie, que ce besoin d'unité dans la raison humaine a enfanté le panthéisme, qui a essayé de fondre toutes les forces dans une seule force, et toutes les substances dans une seule substance.

D'où vient que nous regardons la simplicité dans les sciences et dans les systêmes comme la pierre de touche du vrai? C'est qu'elle est une approximation de l'unité. A quoi tient cette loi de l'unité, à laquelle nous obéissons dans la recherche du vrai? Cette loi est-elle une loi de la nature universelle, ou une loi de la nature humaine? Tâchons-nous de donner de l'unité à la totalité des êtres, et prêtons-nous de la simplicité à la nature parce que nous sommes uns, et que nous avons besoin d'unité? Ou bien, les êtres formant en effet un seul tout, et la nature étant de la plus parfaite simplicité, l'homme ne peut-il et ne doit-il pas la voir autrement? N'y a-t-il qu'une seule existence qui se divise et paroisse se ramifier dans une multitude d'existences particulières? Ou bien, l'unité du moi se projette-t-elle en quelque sorte hors de lui, et a-t-il une tendance secrète et puissante à s'assimiler tous les objets dont il s'occupe ? Problême difficile et peut-être impossible à résoudre; pour juger cette question, il faudroit en quelque manière sortir hors de nous-mêmes. Mais que le principe de l'unité soit hors de nous ou en nous, nous ne pourrons jamais nous défendre de la chercher, et la nécessité sera toujours la même pour nous, qu'elle soit extérieure ou intérieure.

Tant qu'il n'est pas décidé si l'unité est une loi de la nature, ou une loi de notre intelligence, nous pourrons toujours chercher ou désirer l'unité, mais nous ne serons pas autorisés à lui sacrifier et à lui subordonner tout, bien moins encore à voir en elle la marque distinctive de la vérité.

La nature nous offre des variétés in-

nombrables, et sa richesse est immense ;
elle ne connoît que des individus, et ces
individus, dans tous les momens de leur
existence, présentent des nuances particulières et des phases différentes. Au
premier coup-d'œil chaque être forme
un tout complet, distinct, séparé de tous
les autres; chaque force dans ses effets
et ses modifications ne ressemble pas aux
autres forces. Après une étude appro-
fondie de la nature, on voit sans contredit que les êtres sont liés les uns aux
autres, que des forces qui paroissent différentes, ne sont souvent qu'une seule
et même force différemment modifiée,
que les lois de la nature ne varient souvent que dans les nuances de l'application, et peuvent être ramenées à une
seule et même loi. Tant que les variétés
de la nature se prêtent sans violence à
cette simplification des causes et des forces, on doit suivre cette marche avec
confiance, et l'on goûte en la suivant un
plaisir légitime. Cependant il ne faut

jamais partir du principe que tout doit
être simplifié, et, lui donnant une vérité absolue et une universalité parfaite,
tourmenter la nature et la dénaturer,
renier l'expérience et négliger de la consulter de crainte de perdre l'unité de
ses idées, ou de la compromettre. En
effet, sur quoi nous fonderions-nous pour
faire de la loi de l'unité le premier principe de la science? Seroit-ce sur la nature? Dans ce cas, nos conclusions ne
doivent pas aller au-delà des prémisses
qu'elle nous fournit. Tant qu'elle nous
offre des points de convergence, nous
pouvons les saisir et en faire les points
de départ de notre philosophie; mais si
finalement elle nous présentoit des di-
vergences nombreuses, ce ne seroit pas
une raison de nous défier de nos observations et de nos expériences. Seroit-ce
sur la loi de notre intelligence, en lui
attribuant une force et une vérité ob-
jectives? mais de quel droit en ferions-
nous une loi de la nature universelle?

La vérité de nos connoissances et l'unité de nos connoissances ne sont donc pas des idées identiques et des termes synonymes, et nous ne pouvons pas faire de la simplicité la pierre de touche du vrai. Une théorie, une hypothése, un systême, peuvent manquer de simplicité et porter le sceau de la vérité; elles pourroient aussi être simples, et être fausses. On ne doit donc pas dire, cela est vrai, car cela est simple; mais on peut se féliciter quand une idée ou une théorie est à-la-fois vraie et simple, car alors elle nous éclaire et elle nous plaît en même temps; elle satisfait à-la-fois le goût du vrai et celui du beau.

Simplicité dans les arts.

Le beau et le simple sont-ils donc synonymes et identiques?

Tout ce qui est simple n'est pas beau; mais ce qui est beau est toujours simple.

Ainsi la simplicité ne constitue pas le beau, mais la simplicité est un de ses traits caractéristiques. Peut-être est-elle moins un de ses principes qu'un de ses signes et de ses effets.

Dans tous les arts, la simplicité d'un ouvrage ou d'une composition ajoute au plaisir qu'elle nous fait, mais elle n'est pas la source unique, ni même principale de nos plaisirs. En voyant l'Apollon du Belvédère, la Vénus de Médicis, le Panthéon, la coupole de Saint-Pierre, en lisant les adieux d'Hector et d'Andromaque, ou l'épisode d'Orphée et d'Eurydice, en entendant le *Stabat mater* du Pergolèse, on s'écrie d'abord : quelle beauté ! et plus tard seulement : quelle simplicité !

Il faut donc qu'un ouvrage ait fait sur nous l'impression de la beauté, pour que nous devenions sensibles au mérite de la simplicité. Quand une composition de

l'art produit sur l'imagination et le sentiment l'effet désiré, cet effet nous paroît
d'autant plus étonnant et plus admirable,
que l'art a employé des moyens simples.

En quoi consiste cette simplicité qui
fait le charme et le prix de tous les ouvrages de l'art?

Le beau dans tous les genres n'est
qu'une idée revêtant des formes sensibles, à-la-fois régulières et expressives;
point de beau sans idéal, point de beau
sans le mérite des formes. Sans idéal,
les formes seroient mortes et muettes:
sans les formes, l'idéal ne quitteroit pas
le monde intellectuel, et ne se révéle-
roit pas dans le monde sensible. Plus
l'idée est grande, neuve, élevée, plus les
formes sont à-la-fois pures et caractéristiques, faciles et individuelles, et plus
le beau approche de la perfection.

L'essence d'une idée ou de l'idéal,

(car ces deux termes sont ici synonymes)
est d'être une idée générale. Ainsi l'artiste, dans l'atelier secret de ses pensées, formera la conception de la force
et de la foiblesse; de la pitié et du dé-
dain, de l'amour et de la haine, de la
tendresse maternelle et de la piété filiale. Plus cette idée sera générale, plus
elle sera grande, car elle comprendra
sous elle plus d'objets, et elle embrasse-
ra un plus vaste horison; plus cette idée
sera générale, et plus elle sera simple,
car à mesure qu'elle s'élève à une plus
grande hauteur des cas particuliers, elle
s'épure, elle se dégage de plus d'élémens,
et acquiert plus de simplicité.

Le mérite et la perfection des formes
consistent dans leur régularité; or les proportions les plus simples sont les plus
régulières; dans l'expression, et les formes seront d'autant plus expressives,
qu'elles s'appliqueront mieux à l'idée,
la reproduiront sans aucun mélange et

d'une manière plus sensible; dans l'individualité, et elles seront d'autant plus
individuelles, qu'elles seront mieux appropriées à l'objet, et qu'en le peignant
elles ne peindront rien qui lui soit étranger. Ainsi les formes seront d'autant plus
belles qu'elles seront plus simples, et
que, présentant un idéal dans toute sa
pureté, elles n'offriront rien d'accessoire, ni d'hétérogène, aucun ornement
parasite.

La simplicité est la compagne naturelle de la beauté; la première suit la
seconde, comme l'ombre suit le corps.
L'essence de l'idée est d'être simple, et
la simplicité est une des conditions de
la beauté des formes. Ainsi il est clair
que le beau doit toujours être simple,
quoique ce qui est simple ne soit souvent rien moins que beau.

On distingue dans les ouvrages de l'art
la simplicité du sujet, la simplicité du

plan ou de l'ordonnance, la simplicité
du style.

La simplicité du sujet consistera dans
l'unité de l'idée que l'artiste introduit
dans le monde sensible, et qu'il manifeste aux sens, en empruntant d'eux, ou
des formes, ou des couleurs, ou des
sons, ou des mots. La simplicité du plan
résultera de la manière dont l'idée principale s'ébranche et se divise; si ces di-
visions sont peu nombreuses, frappantes, grandes, larges, l'ordonnance de
l'ouvrage sera simple. La simplicité du
style n'est autre chose que le rapport
plus ou moins intime, plus ou moins parfait des signes avec les idées. Il y a un
style en peinture, en sculpture, en architecture, en musique, comme en poésie et en éloquence.

Dans ces deux derniers arts on confond quelquefois la simplicité du style
avec le naturel, la familiarité, la négli-

gence du style; on prend pour un style
simple, un style sans figures et sans couleur. Rien de plus faux, ni de plus dangereux que ces méprises.

Le style simple est toujours en harmonie avec le sujet que l'on traite, et
les idées que l'on exprime; et dans ce
sens, si l'on veut, il est naturel. Le style
simple est opposé à la recherche, à l'affectation, à l'effort, comme le style naturel. Mais la simplicité est toujours une
perfection; le naturel du style est tantôt une perfection, tantôt une imper-
fection, selon que ce naturel est bon
ou mauvais. La simplicité du style dans
les arts est quelquefois l'effet de l'instinct du génie, plus souvent elle est elle-
même un enfant de l'art. Il faut un naturel bien heureux et bien rare, pour
qu'il porte naturellement à la belle simplicité. Ainsi le style simple doit toujours avoir l'air naturel, mais le naturel
peut très-bien n'être pas simple, car il

y a des écrivains qui ont un style naturel, et dont cependant le style manque tout-à-fait de simplicité.

Le style familier est le contraire du
style noble. Les négligences de style sont
le contraire du style soutenu. Le style
simple doit toujours être noble, car il
n'y a que la noblesse qui donne du prix
à la simplicité, et souvent encore la simplicité amène la noblesse. La simplicité
du style n'a du mérite, qu'autant qu'on
parle de grandes choses simplement. Le
style simple doit donc toujours être soutenu; ce ton soutenu n'exclut pas toute
espèce de négligences; il y en a qui
sont de véritables beautés. L'art n'en-
seigne pas à les placer convenablement,
mais elles échappent au génie, et alors
elles prouvent ou la grandeur du sujet,
au niveau duquel le génie lui-même ne
peut pas toujours se soutenir, ou la
grandeur du génie qui, se trouvant
naturellement à l'unisson d'un grand

sujet, le traite d'égal à égal, et s'oublie
sans déroger un moment à lui-même.

Comme la simplicité du style consiste
dans le rapport de la parole avec la pensée, il est clair que le style peut et doit
être figuré dans certains genres sans
rien perdre de sa simplicité. Selon la
nature du sujet et l'effet que l'écrivain
veut produire, selon le ton sur lequel
sa raison, son imagination et sa sensibilité sont montées, le style sera terne et
pâle, ou brillant des couleurs les plus
fraîches et les plus vives, et dans les deux
cas il sera également simple. Homère et
Virgile, dans les morceaux où ils sèment
toutes les richesses d'une imagination
féconde et hardie, Horace et Pindare,
dans les écarts les plus sublimes de leur
muse, où ils employent les figures les
plus audacieuses, sont tout aussi simples qu'Hérodote et Xénophon. Chacun
de ces grands maîtres de l'art a la couleur de son génie, de son genre et de

son sujet; chacun d'eux moule ses expressions sur la pensée ou le sentiment qu'il exprime, de manière que l'une ressemble parfaitement à l'autre, et qu'elles paroissent inséparables. Tous n'ont pas le même coloris, mais tous ont celui de la santé qui, dans un corps vigoureux, indique le jeu libre et facile de tous les organes, et aucun d'eux n'a ce faux coloris qui n'est que du fard appliqué sur un corps malade.

La simplicité du style suppose donc une harmonie parfaite et facile entre la pensée et le signe, harmonie sans mérite et sans agrément, quand la pensée est commune, foible, petite. Alors elle ne demande du style, que d'être clair et précis ; mais cette harmonie divine fait tout le prix d'un ouvrage de l'art, quand la pensée est grande et le sentiment énergique et profond. Cette harmonie ne paroît jamais parfaite, quand elle trahit de la recherche, de l'effort,

ou seulement du travail; elle perd tout
son charme, du moment où elle ne paroît pas être le fruit de la verve et de
l'inspiration. Cette harmonie est incompatible avec cette multitude d'idées accessoires et d'ornemens, dont certains
artistes, d'ailleurs pleins de talens, sur-
chargent leurs ouvrages; elle suppose
toujours de la richesse sans luxe, de la
magnificence sans pompe, de la sobrié-
té sans sécheresse, de la précision sans
obscurité, et surtout une sorte d'abandon également éloigné de la contrainte
et du désordre, de l'apprêt et de la négligence.

On pêche également contre la simplicité, soit qu'on essaye de relever de
petits objets par l'exagération du style,
soit qu'on veuille encore agrandir de
grands objets par une fausse majesté dans
l'expression. Dans le premier cas, on
montre des prétentions ridicules qui
n'imposent à personne, et l'on perd soi-

même dans l'esprit des lecteurs, sans faire gagner à l'objet qu'on veut mettre en saillie. Dans le second, au lieu de montrer de l'énergie, on ne montre que de l'effort; on paroît petit sans que l'objet paroïsse plus grand, et l'on donne une pauvre idée de sa force en faisant beaucoup de dépenses pour paroître à l'unisson du sujet. Bien loin de prouver qu'on est élevé au-dessus de lui et qu'on le voit à distance, on prouve qu'on ne sent pas même sa grandeur, ou qu'on en est étonné, et qu'on désespère de monter à son niveau.

Quand l'objet est immense et au-dessus de toute conception, la simplicité est surtout à sa place. En parlant de Dieu, de la nature, de l'univers, du temps, de l'éternité, on doit éviter d'avoir l'air de rivaliser avec ces grands objets, ou de vouloir atteindre à leur hauteur, en entassant l'une sur l'autre des figures ambitieuses. Ce seroit imiter ces géans de

la fable, qui placèrent l'Ossa sur le Pé-
lion pour escalader l'Olympe, et qui
périrent écrasés par ces masses. Comme
nous ne pouvons jamais employer qu'un
langage fini en parlant de l'infini, le
sujet dépassera toujours l'expression. Il
faut le reconnoître, faire acte de rési-
gnation, et conserver soi-même une sorte
de grandeur en se sauvant par la simplicité. Il n'y a qu'elle qui puisse rapprocher les distances, et établir quelque
rapport entre le fini et l'infini.

L'amour de la simplicité dans les arts
ne tient pas, comme quelques écrivains
l'ont prétendu, à la foiblesse de l'esprit
humain, qui ne sauroit saisir à-la-fois
un grand nombre d'idées compliquées;
l'amour de la simplicité est au contraire
une preuve de force. Le peuple qui est
ignorant, et dont l'intelligence est resserrée dans des bornes étroites, n'aime
pas ce qui est simple, et les plus vastes
génies, les esprits les plus profonds, se

sont toujours distingués par le don et le goût de la simplicité.

Nous n'aimons pas la simplicité parce que la nature est simple et que les arts doivent l'imiter, mais nous aimons la nature parce que nous sommes sensibles au charme de la simplicité. Il est certain que la nature est éminemment simple; non-seulement ses phénomènes et ses effets résultent d'un petit nombre de lois uniformes, sa touchante ou sublime simplicité tient encore à d'autres principes. Dans la nature, chaque être est ce qu'il est; il est l'expression d'une idée. Il n'y a rien de trop dans aucun être, rien d'accessoire, rien d'étranger; toutes ses qualités, toutes ses parties sont déterminées par sa destination. Première raison de la simplicité de la nature. De plus, elle offre dans son immense et éternel travail toute la richesse et le facile abandon du génie; elle sème ses chefs-d'œuvre avec une apparente insouciance,

I. 9

et sa prodigieuse fécondité éloigne toute
idée d'effort. La force universelle produit sans relâche et produit toujours
avec une égale perfection; elle s'ignore,
s'oublie elle-même, ne compte pas ses
merveilles, et ne paroît attacher aucun
prix particulier à l'une d'elles; dans ses
créations continuelles elle est grande,
admirable, sans se le proposer et sans le
savoir, et telle est l'essence de la vraie
simplicité.

En développant les causes de la simplicité de la nature, nous avons en même
temps défini la simplicité du caractère.
Elle suppose toujours de la grandeur
morale, mais dans cette grandeur elle
est l'absence de toute espèce d'effort;
elle est l'ignorance ou l'oubli de cette
grandeur.

La simplicité est différente de la modestie. La modestie s'apprécie; elle met
un homme à sa véritable place; un hom-

me modeste craint surtout de se mettre plus haut qu'il ne mérite de l'être. La simplicité ne se doute pas de son mérite, elle ne se compare avec personne; elle est elle, et, ne pouvant être autre chose, elle abandonne aux autres de lui marquer son rang, sans penser même à se ménager une décision favorable.

Un homme d'un esprit médiocre et d'une moralité commune peut avoir de la simplicité; et il y gagnera toujours plus que s'il portoit de l'affectation, de la recherche, des prétentions dans la médiocrité. Cependant la simplicité n'est véritablement intéressante, que lorsqu'elle se trouve jointe à un esprit supérieur ou même extraordinaire. Rien n'affecte plus délicieusement le cœur que de voir une ame élevée, forte et pure, douée d'un grand et beau génie, développer et déployer sans effort l'énergie de l'intelligence et celle de la volonté, se révéler à tous les yeux sans se montrer, exciter l'étonnement et l'admiration sans le remarquer, et s'oublier elle-même quand tous les regards sont fixés sur elle. Alors la simplicité devient une véritable magie; elle semble lever le voile qui couvre pour nous le monde intellectuel et nous manifester une de ces intelligences pures qui réfléchissent la beauté souveraine et incorruptible. Cette vue calme les passions, prévient ou efface toute espèce de jalousie, rafraîchit le cœur, réconcilie avec la nature humaine, et seule peut faire pour nous de la supériorité la plus décidée et la plus constante un sentiment consolateur.

On sent que cette précieuse simplicité, le sceau du génie et de la grandeur, est l'opposé de toutes les petites passions qui, comme des insectes malfaisans, s'attachent à la fleur des talens et des vertus. Elle est incompatible avec l'orgueil qui se nourrit d'odieuses et mi-

sérables comparaisons, se mesure sans
cesse avec les autres et se mesure mal;
avec la vanité toujours engagée dans les
calculs minutieux de ses succès, qui est
assez méprisable pour ne rien mépriser
et qui a besoin que les autres lui parlent
et l'avertissent de son mérite; avec cette
modestie superbe qui se cache pour être
vue, garde le silence, pour que les autres le rompent, et n'est autre chose
que l'épicuréisme de la vanité; avec cette
fierté qui se dédommage du culte qu'elle
dédaigne par celui qu'elle se rend à elle-
même et qui sacrifie continuellement sur
ses propres autels; avec cette inquiétude
secrète de beaucoup d'amans de la gloire
qui ne sont pas sûrs de la rencontrer,
inquiétude qui trahit leur insuffisance
et leur fait imaginer de petits artifices
et des précautions multipliées pour surprendre et gagner ce qu'il faut arracher
à force de mérite.

La simplicité du caractère s'annonce

souvent par celle des mœurs, des plaisirs, des habitudes, du genre de vie;
quand on vit dans le monde des idées,
l'espèce d'indifférence qu'on a pour soi-
même, s'étend à une foule de choses
qui, pour la multitude, constituent la vie
toute entière; mais on peut être simple
dans ses goûts, dans ses usages, dans son
extérieur, sans avoir la grande et belle
simplicité du caractère. Quelquefois
même on en a d'autant moins qu'on affecte ou qu'on montre de la simplicité
dans tout le reste. Alors, on se propose,
on s'efforce d'être simple, on arrange sa
simplicité, soit par coquetterie, soit par
principes; on est donc bien éloigné de
s'oublier et de s'ignorer soi-même.

La simplicité du caractère est au fond
du même genre que la simplicité des ouvrages de l'art, et doit faire par les mêmes
raisons des impressions profondes sur
toutes les ames sensibles au beau. L'homme de génie, l'homme à grand caractère,

est un ouvrage de l'art et son chef-d'œuvre le plus parfait; ici l'artiste et l'ouvrage sont une seule et même personne;
l'artiste est lui-même son ouvrage. Ici,
comme dans tous les ouvrages de l'art, il
y a un idéal, l'idéal de l'intelligence et
de la volonté, et les actions, les discours, la vie toute entière sont les formes que cet idéal emprunte pour se manifester dans le monde sensible. La simplicité, compagne naturelle de la beauté
et de l'art dans tous les genres, est aussi
un des élémens de la beauté morale, ou
plutôt son complément et sa perfection.

C'est cette perfection qui forme le caractère distinctif de l'antiquité et qui lui
assure le respect et l'admiration de tous
les âges. Il y a de la simplicité dans les
systèmes et les idées des anciens, comme
dans leurs sentimens; dans leurs tem-
ples, leurs cirques, leurs portiques,
leurs maisons, leurs moindres instrumens, comme dans leurs poëmes et

leurs compositions historiques; dans les
statues de leurs dieux et de leurs héros,
comme dans ces héros eux-mêmes et
dans tous ces grands hommes dont l'é-
blouissante réunion éclaire la nuit des
siècles. C'est à la simplicité qu'on reconnoît tout ce qui appartient au monde
ancien, et quand on quitte le monde
moderne pour visiter la terre sainte et
le sol classique de la Grèce et de l'Italie, il semble que l'on quitte une atmosphère chargée de vapeurs ou de par-
fums artificiels pour respirer un air plus
pur et l'odeur vivifiante d'une végéta-
tion riche et spontanée. Il y a sans doute
dans les héros des arts et des sciences
des temps modernes, comme dans les héros de la guerre et de la politique, que
nous pouvons opposer à l'antiquité, des
exemples d'une simplicité belle et sublime, et il suffit de nommer ici, le génie de la Prusse, l'immortel Frédéric!
Quelle simplicité dans ses maximes
d'administration et de gouvernement!

quelle simplicité dans son amour pur,
franc et noble de la gloire ; dans sa manière large et facile d'écrire ses grandes
actions ; dans ses goûts, ses plaisirs, sa
vie toute entière qui paroît avoir été
coulée d'un seul jet! Aussi se sentoit-il
attiré vers l'antiquité comme vers sa
terre natale, par des affinités secrètes
et puissantes, et aimoit-il les anciens
comme sa famille! Mais on sent, en étu-
diant la vie et les ouvrages de ces hommes simples et grands, qu'eux-mêmes
ont été chercher leurs modèles ailleurs,
ou que du moins sous le rapport de la
simplicité, ils sont étrangers à la civilisation de l'Europe moderne, et qu'ils
appartiennent à un autre monde! Dans
les temps anciens, au contraire, la simplicité est plus commune, plus générale, plus originale et plus indigène, si
je puis m'exprimer ainsi. De là vient que
l'étude des anciens produit des effets uni-
ques sur ceux qui ont le bonheur de les
étudier dans leurs sources. Est-on agité

par les événemens? le calme se répand
de l'ame des écrivains anciens dans la
nôtre; est-on fatigué des raffinemens de
la civilisation? on se délasse et on se repose en les lisant; est-on déchiré par le
spectacle des maux de l'humanité? la
douleur s'adoucit en voyant comment
ces ames simples et grandes envisa-
geoient les choses humaines, et comment elles portoient avec liberté et avec
noblesse le poids des événemens; est-on
abattu et découragé? les anciens nous
relèvent en relevant à nos yeux la nature humaine, et en leur faveur on par-
donne aux hommes : toujours c'est le
charme de la simplicité du caractère,
des idées et du style qui nous console,
nous enchante, nous inspire de la confiance dans les principes et les maximes
des anciens, et qui fait de l'antiquité
toute entière une espèce de sanctuaire
dont les belles proportions, la tranquille
majesté, la douce et paisible harmonie
rétablissent l'harmonie dans l'ame, et

sont pour elle l'emblême et l'image de ce sanctuaire invisible où les idées éter-nelles du bon, du beau et du vrai con-servent leur inaltérable pureté, et où ces idées antérieures aux mouvemens des existences survivront aux révolu-tions et aux orages de la vie humaine.

ESSAI

SUR

LA NATURE DE LA POÉSIE.

ESSAI

SUR

LA NATURE DE LA POÉSIE.

La poésie est peut-être le triomphe de
la liberté du génie. Dans tous les autres
genres, l'homme obéit à une nécessité
intérieure ou extérieure; dans la poésie
seule il crée et il crée librement.

La perfection de la science consiste à
connoître la nature. Elle ne peut et ne
doit donc faire autre chose que de suivre la marche de la nature avec autant
d'exactitude que de persévérance. Il ne
s'agit pas pour elle de produire ce qui
n'est pas, mais d'observer ce qui est.
Dans les sciences le génie tient principalement à la force de l'attention.

Dans les arts mécaniques, les com‹
binaisons de l'esprit sont déterminées
par les besoins. L'objet du travail four‹
nit les moyens de marquer et de jalon‹
ner la route qu'on doit suivre pour y
réussir. On peut sans doute employer
différens moyens pour arriver au but;
mais le but est toujours un point fixe
que l'imagination ne peut et ne doit pas
perdre de vue et qui entrave sa liberté.

Dans les actions, l'homme est placé
entre deux sortes de nécessité : entre
celle de la nature et des passions d'un
côté, et celle du devoir et de la loi de
l'autre. La liberté morale paroît dans
tout son éclat, quand l'homme se sou‹
met volontairement à cette dernière
nécessité. La volonté de l'homme pro‹
duit et crée l'action ; mais l'imagination
de l'homme ne crée rien ; le devoir lui
marque ce qu'il doit faire.

Dans les arts libéraux, le génie crée,

mais le genre de moyens, d'instrumens et de matériaux que chaque art emploie, fait la loi à l'artiste. La sphère de chaque art est par là circonscrite; aucun d'eux ne peut peindre avec un égal succès tous les objets; tous les arts tournent dans un cercle d'objets plus ou moins déterminés.

Mais la poésie est resserrée dans des limites beaucoup moins étroites : elle dispose d'un instrument docile et flexible qui se prête à tout. Cet instrument est le langage. Sous la plume d'un homme de génie, le langage est aussi riche que la nature, le sentiment, la pensée, avec leurs innombrables modifications. La poésie n'a d'autre but que de créer; elle n'assujettit pas l'imagination à d'autres lois qu'à celles de l'imagination même; elle lui laisse la liberté la plus entière, et la poésie n'est jamais entravée par la réalité dans sa marche fière et hardie.

I. 10

Aucun autre genre de composition ne doit par conséquent donner à l'artiste, et à celui qui jouit de son travail, la conscience de ses forces à un degré plus éminent. Il n'y a peut-être point de volupté plus vive et plus pure, que celle qui inonde l'ame du véritable poëte, dans ces momens où, secouant de ses ailes la poussière de la réalité, son génie plane au-dessus de tout ce qui existe, dans un nouvel univers de sa création.

Quelle est l'essence et quel est l'objet de cet art, où le génie de l'homme montre toute son indépendance et toute sa richesse, auquel l'élite de l'espèce humaine doit des plaisirs délicats, et que le peuple le plus poëtique de la terre attribuoit à l'inspiration des dieux ? Cette question a souvent été traitée, et cependant elle m'a toujours paru neuve, parce qu'elle n'a jamais été abordée dans sa plus grande généralité.

Les traits caractéristiques de la poésie ne doivent pas être tirés des ouvrages existans, bien moins encore des ouvrages d'un certain genre, ni des ouvrages d'une nation; mais ils doivent,
ce me semble, être abstraits de l'objet
de la poésie dans l'idée la plus générale
qu'on puisse s'en former, de la nature
de ses moyens, et surtout de la nature
des facultés qu'elle suppose dans le
poëte et qu'elle met en jeu dans le lecteur et dans le spectateur. C'est moins
de ce que la poésie est ou a été dans un
temps donné, que de ce qu'elle peut et
doit être qu'il s'agit ici. Il faudroit pouvoir ramener à cette définition, si elle
est juste, la poésie de tous les temps,
de tous les lieux et de tous les peuples:
mon but est d'énoncer les principes d'un
travail pareil; les développemens exi-
geroient un ouvrage.

On a prétendu en Allemagne, dans
ces derniers temps, qu'il ne falloit pas

même essayer de définir la poésie, et
que toute définition seroit ici une espèce de sacrilège. On ne gagne à ce respect superstitieux que de disputer sans
convenir des termes, et par conséquent
de prolonger les disputes et de multiplier
les écrits; mais ce gain doit paroître un
peu équivoque à ceux qui ont l'habitude
surannée de n'admettre que ce qu'ils
comprennent, et qui surtout tâchent de
se comprendre eux-mêmes en écrivant.

On ne sauroit justifier au tribunal de
la raison cette répugnance à définir la
poésie. La poésie n'est pas dans le cas
des sensations qui s'évanouissent d'un
moment à l'autre, s'effacent facilement,
et qui se refusent à toute espèce d'analyse; elle n'est pas une de ces idées simples et premières qui, par leur simplicité
même, sont étrangères à toute espèce de
décomposition.

Il est certain qu'on ne doit pas es-

sayer de définir tous les objets de la
nature. Il y a des faits du sens interne
qu'il doit nous suffire de constater et
d'énoncer. Il y a beaucoup d'idées claires qui le sont, tant qu'on ne les explique pas, et qu'on obscurcit en voulant
y répandre un plus grand jour; mais
on doit toujours définir les objets de
l'art et les arts eux-mêmes, car c'est
l'homme qui les a créés; or, ce que
l'homme a créé, l'homme peut aussi le
connoître et l'analyser avec précision.

Dans l'examen et l'analyse de la nature de la poésie, on croit naturellement arriver à des idées auxquelles la
plupart des poëtes ont obéi sans le savoir, mais de ce qu'ils n'ont pas eu la
conscience distincte de ces idées, on ne
peut et ne doit rien conclure contre la
justesse et la vérité de ces idées.

Dans tous les temps et dans toutes
les contrées du monde, les premiers

essais de la poésie n'ont été que les premiers jeux d'une imagination libre, pro-
duisant sans autre but que celui de se
plaire à elle-même, indépendamment de
toute autre espèce de besoins et d'intérêts. Mais les hommes de ces temps recu-
lés ressembloient, à beaucoup d'égards,
aux enfans qui s'observent peu, produisent sans savoir comment ni pourquoi,
et ne se rendent pas compte à eux-
mêmes de leurs opérations.

Dans la suite, et lorsque l'art fit de
grands progrès, les artistes de génie en-
fantèrent des ouvrages qui réunissoient
au plus haut degré tous les caractères
du beau; mais sous le charme et la puissance de l'inspiration, ils étoient plus
empressés à produire que jaloux de décomposer leurs ouvrages, et ils nous
révéloient un monde nouveau qui étoit
un mystère à leurs propres yeux, sans
s'amuser à chercher le secret de leur
merveilleux travail; ils faisoient de la

poésie, comme le *bourgeois gentilhomme* faisoit de la prose, *sans le savoir.*

Les idées que nous avons exposées sur la nature de la poésie ne sauroient donc être rejetées, par la raison que l'objet et le but que nous donnerons à cet art ne paroissent pas avoir été ceux des premiers, ni même de la plupart des poëtes.

Pour connoître la véritable nature de l'ordre social, il ne faut pas consulter l'histoire des premières sociétés, mais il faut interroger la nature de la liberté de l'homme. C'est là le seul moyen de sentir la nécessité d'une garantie extérieure de la liberté, et de prouver que la création d'une volonté générale, souveraine, investie d'une force coactive est impérieusement commandée à l'homme par le besoin et par la raison.

De même aussi veut-on connoître à

fond la nature de la poésie, que servi-
roit-il d'examiner ce qu'elle a été dans
son enfance chez les peuples sauvages?
L'essentiel est de rapprocher de la nature de l'homme les moyens dont la
poésie peut disposer, afin de voir quels
effets peuvent et doivent résulter de ces
moyens pour des êtres tels que nous.

Essayons de suivre cette marche.

L'homme est composé de deux principes, l'un passif, l'autre actif; d'une
réceptivité qui, ouvrant l'ame aux impressions de tous les objets, lui procure
des intentions et des sensations, et d'une
activité propre et spontanée qui produit
les idées et qui les réalise.

Par sa réceptivité l'homme communique avec le monde des formes ou le
monde des êtres sensibles; par son activité spontanée et propre, il vit dans le
monde des idées.

L'homme ne peut jamais se détacher entièrement du monde des formes, et il ne doit jamais abandonner le monde des idées. La science et la raison, à leur plus haut degré de développement, l'enlèvent au premier; les besoins et les travaux de la vie active l'arrachent au second: les beaux arts seuls lui offrent les moyens d'habiter en même temps les deux mondes, entre lesquels ils établissent une union intime, ou plutôt qu'ils fondent dans leurs productions.

Le monde des formes se compose des êtres matériels et sensibles; tous figurés, ils ont tous des caractères fixes et des limites invariables. Le premier caractère de l'existence sensible est que l'être soit déterminé sous tous les rapports; c'est ce qui constitue l'individualité, et dans ce sens le monde des formes est le même que le monde des êtres individuels et finis.

Tous les êtres sensibles appartiennent au monde des formes; mais chaque être sensible cache sous les formes qui le manifestent aux sens, une nature secrète, intime, mystérieuse; il est l'expression d'une idée, de l'idée de cet être. C'est cette idée que nous tâchons de saisir dans l'intuition qui la récèle et nous la révèle en même temps; c'est cette idée qui constitue le genre et la classe à laquelle cet être appartient.

Nous pouvons distinguer et séparer cette idée des traits individuels sous lesquels cet être nous la présente, et par les procédés de l'abstraction nous pouvons l'obtenir dans toute sa pureté. Ce monde dans lequel les qualités des êtres se montrent à nous sans aucune espèce d'alliage, des sens, sans formes et sans quantités déterminées, est le monde des idées.

Ces idées abstraites s'appliquent à la totalité des êtres particuliers; elles peuvent et doivent être claires, précises, mais elles sont des idées générales. Elles auront toujours par conséquent quelque chose d'indéterminé ou d'indéfini, en tant qu'elles ne sont pas des idées individuelles ; et d'un autre côté, prenant l'être dans sa plus grande généralité, elles sont censées être des idées pures, complètes, achevées : sous ce rapport le monde des idées est le monde de l'infini.

Il y a deux sortes de communications entre le monde des formes sensibles et celui des idées intellectuelles ; par l'une on remonte des formes sensibles aux idées intellectuelles, on cherche, on découvre, on saisit les secondes sous les premières, et de degré en degré on s'élève à ce qu'il y a de plus pur, de plus subtil, de plus immatériel, de plus général. Ce travail est celui du philosophe. Par l'autre route on descend des idées intellectuelles aux formes sensibles ; on saisit

les idées générales, puis on choisit ou
l'on imagine des traits individuels qui
puissent les tirer du champ des abstractions pour les réaliser aux yeux des sens.
Ce travail est celui de l'artiste.

Le philosophe qui a étudié le cœur
humain et observé la société, a vu beaucoup de mères affligées de la perte de
leurs enfans, et a formé, en partant de
ces faits particuliers, l'idée générale de
la tendresse et de la douleur maternel-
les. L'artiste saisit dans les profondeurs
de son ame l'idée de la douleur maternelle, la plus vive, la plus forte, la plus
déchirante; cette idée l'occupe, l'agite
le tourmente; il veut la produire hors de
lui dans le monde sensible sous les traits
les plus caractéristiques et les plus individuels; et son imagination créatrice en-
fantera Hécube, Andromaque et Niobé.

L'art, dans son acception la plus générale, et dans le point de vue le plus

élevé, est la puissance de produire des ouvrages qui expriment l'idéal ou les idées par des formes sensibles, l'infini de la pensée par des traits individuels et finis, et de satisfaire les sens, l'imagination et le jugement.

Ce point de vue est commun à tous les arts. Ils diffèrent dans le choix des sens auxquels ils s'adressent, et dans le choix des signes qu'ils employent. Mais ils ont tous le même objet et le même but.

Conformément à ces principes, qu'est-ce que la poésie? La puissance de peindre les idées aux sens par la parole, ou la puissance libre d'employer le langage à présenter l'infini sous des formes finies et déterminées qui entretiennent dans une activité harmonique les sens, l'imagination et le jugement.

Reprenons les termes de cette définition.

La poésie est une puissance libre, comme l'est celle de tous les arts. Cette liberté essentielle à l'art consiste dans une indépendance parfaite de toute autre considération et de tout autre rapport, que des rapports d'un ouvrage avec l'imagination et le jugement. L'art n'envisage jamais son ouvrage comme un moyen d'atteindre un but quelconque, l'utile ou l'honnête; il voit son ouvrage en lui-même. Peu lui importeroit même l'existence de cet ouvrage dans le monde physique; son idée seule produiroit déjà le même effet, si cette idée pouvoit être aussi vive que les impressions des sens. La liberté distingue le poëte de l'orateur, qui est toujours entravé et gêné dans sa marche. Cette différence suffiroit pour tracer la ligne de démarcation entre la poésie et l'éloquence.

La poésie, avons-nous dit, parle aux sens, à l'imagination et au jugement.

Tantôt elle va par les sens à l'imagination, tantôt par l'imagination aux sens: dans le premier cas, elle présente aux sens des objets sensibles pour donner l'éveil à l'imagination; dans le second, elle met l'imagination en jeu pour lui faire créer et projeter hors d'elle des objets sensibles. Elle emploie l'un de ces moyens dans la poésie dramatique, l'autre dans la poésie épique. Mais c'est toujours par l'action des sens qu'elle produit l'effet désiré, et sans cette action il n'y a point de poésie.

Le jugement prononce sur les formes finies et déterminées qui parlent aux sens, soit directement, soit indirectement, sur la nature de l'idée, et sur les rapports de l'idée avec les traits individuels qui la révèlent à l'oreille ou à l'œil. C'est ce jugement qui sert de base au beau.

Quand nous nous bornons à dire : cet

objet nous plaît, ce jugement est purement relatif à nous; mais du moment
où nous disons : cet objet est beau, il y
a quelque chose d'absolu dans ce jugement, et il prétend à l'universalité. Une
chanson voluptueuse, un air bachique,
peuvent plaire à ceux qui aiment les
images de ce genre; mais ces amateurs
eux-mêmes ne parleront pas de la beauté de ces productions. On dispute sur
le beau, on ne dispute pas sur une sensation agréable. On n'essaye pas même
de ramener les autres à son goût pour
tout ce qui tient au plaisir physique.
Chacun sait, que dans ce genre, quelque opposées que soient les idées, tout
le monde a raison.

On distingue le beau de l'utile dans
les ouvrages de l'art. Les chants de Tyr-
tée et l'hymne des Marseillois, pourroient avoir produit de grands effets sur
le courage des Spartiates et des François, sans avoir de mérite du côté de l'art.

À la vérité l'utile et le beau ont ceci
de commun, qu'ils supposent l'un et
l'autre une idée ou un jugement qui pré-
cède le plaisir qu'ils nous font; mais
ces idées ne se ressemblent pas et sont
d'un genre tout-à-fait différent. L'idée de
l'utile porte sur les rapports des moyens
avec le but. Les moyens n'ont jamais une
bonté intrinsèque. Leur bonté dépend
de la fin que se propose celui qui les
employe; il y a autant de variété entre
les fins, qu'il y en a entre les circonstances, les intérêts et les passions des
différens individus.

L'idée et le jugement sur lesquels le
beau repose, expriment des caractères
qui appartiennent à l'objet considéré
en lui-même, indépendamment de tout
autre rapport que de celui de la beauté.
On ne peut et l'on ne doit pas exiger
que tous les hommes souscrivent à ce
jugement, comme s'il s'agissoit du juste
et de l'honnête. Il n'est pas question ici

de cette nécessité volontaire à laquelle
on doit se soumettre, sous peine de
renier sa qualité d'être raisonnable et
libre. Le jugement qui prononce sur le
beau en poésie, n'est pas un jugement
nécessaire qui force la conviction et
l'action, mais il prétend et il a droit de
prétendre à l'universalité. Nous savons
bien que dans le fait il n'est jamais universel, et qu'il ne le sera jamais : mais
nous ne pouvons pas nous défendre de
penser qu'il devroit l'être, et nous
croyons toujours que si les autres hommes parvenoient à un plus haut degré de
culture et de goût, ceux qui jugent autrement que nous jugeroient comme nous.

Telles sont les fonctions des sens, de
l'imagination et du jugement dans la
poésie, soit pour inspirer de beaux ouvrages aux adeptes, soit pour les faire
goûter aux connoisseurs.

Dans l'ame du spectateur, d'abord,

les sens saisissent les formes, puis le jugement les rapproche, les compare, les réunit dans l'unité ; l'imagination prend de ce point de départ son élan vers le monde des idées, ou vers l'infini qu'elle seule découvre dans les ouvrages de l'art.

Dans l'âme du poète ces facultés agissent en sens inverse. Le travail commence par l'imagination qui enfante l'idéal; puis les sens le révèlent aux sens; et enfin prononçant sur les rapports de l'idée et des formes individuelles, le jugement décide de leur perfection et de leur harmonie.

Selon les rapports dans lesquels ces facultés concourront à produire l'effet total, l'ouvrage de l'art sera ou beau ou sublime; la vérité poétique ou l'énergie poétique y dominera.

Nous jugeons qu'un objet est beau,

quand il y a des rapports intimes entre l'idée et les formes qui la revêtent et l'expriment. L'accord parfait de ces deux élémens produit, dans un ouvrage de poésie, la perfection du travail. La beauté tient aux proportions. Ces proportions sont d'autant plus marquées, que l'ouvrage a des formes plus déterminées et plus précises ; plus les formes sont déterminées et précises, plus il y a d'individualité dans le poème. Cette individualité constitue l'essence de la vérité poétique. La poésie doit tâcher de donner à toutes ses créations des traits individuels.

Mais comme dans la nature une force infinie , tout en se révélant à l'imagination , se cache et se dérobe aux sens sous les formes individuelles et déterminées des êtres, ainsi dans la haute et belle poésie les formes individuelles doivent recéler et manifester à-la-fois un monde infini d'idées. Chaque être individuel est une espèce de type qui exprime une idée, l'infini de la pensée, ou celui du sentiment, ou celui de la passion.

Cette idée, dont les formes ne sont jamais que le signe et l'enveloppe, constitue l'idéal de l'art, ou, en d'autres termes, le sublime et l'énergie d'un ouvrage poétique.

Des formes finies et régulières qui n'offriroient et ne reproduiroient pas au-dehors l'idéal, seroient des corps sans âme, des êtres qui, sans avoir le mérite et le but des êtres vivans, n'auroient pas même un but et un mérite d'un autre genre; ils parleroient aux sens sans parler à l'imagination. Si l'idéal et l'infini ne revêtoient pas des formes finies, régulières, individuelles, ils ne parleroient pas aux sens, et ne mettroient pas même l'imagination en jeu, parce qu'il faut toujours que des formes sensibles lui donnent l'éveil et lui servent de point d'appui.

La perfection de la poésie consiste dans l'union de l'idée et des traits individuels, de l'infini et du fini. Presque toujours l'un ou l'autre domine dans la poésie des différentes nations et dans les ouvrages des artistes, selon leur génie et leur caractère particulier. Quand l'un ou l'autre manque tout-à-fait dans un poëme, la poésie est imparfaite. Les traits individuels ne sont-ils pas assez prononcés ni assez caractéristiques? La poésie devient vague, générale, abstraite; elle n'est plus que de la philosophie cadencée. Rien n'annonce-t-il l'idée dans un ouvrage, et n'a-t-elle pas présidé à l'exécution du travail? La poésie devient petite, mesquine, froide, triviale; elle n'est plus qu'une insipide copie de la réalité.

Quand le fini et les proportions exactes

et sévères dominent dans un ouvrage, la poésie est belle dans un sens strict : quand l'idée et l'infini y dominent, la poésie mérite plutôt le nom du sublime. La vérité poétique caractérise-t-elle un ouvrage? Il satisfait principalement le jugement; l'énergie poétique et une force qui dépasse toutes les proportions, plaisent de préférence à l'imagination.

Quelque précises et déterminées que soient les formes individuelles sous lesquelles la poésie parle aux sens, elle ne mérite véritablement ce nom qu'autant que sous ces formes elle reproduit des idées, et que l'idéal a été son point de départ; c'est l'imagination du poète qui crée l'infini de l'idée, et c'est l'infini de l'idée qui parle à l'imagination du spectateur et du lecteur, et qui la met en activité.

Cependant, il ne faut pas s'y méprendre, car cette méprise seroit dangereuse.

L'idée que la poésie doit révéler à l'âme
en présentant aux sens des formes déterminées, n'est pas la même chose que
le vague, et il ne faut pas les confondre.
Rien n'est plus contraire que le vague
à l'individualité qui constitue le caractère distinctif de la poésie, comme celui de tous les arts. Si les arts peuvent
et doivent quelquefois jeter l'âme dans
le vague de la rêverie, eux-mêmes ne
doivent jamais être vagues, ni dans le
dessin, ni dans l'exécution de leurs ouvrages.

L'infini de l'idée ne consiste pas non
plus dans les objets infinis par leur nature et par leur essence, tels que Dieu,
l'univers, l'éternité. On ne sauroit toujours reproduire ces mêmes objets à
l'imagination sans tomber, comme l'ont
fait plusieurs poëtes, dans une monotonie fatigante. D'ailleurs, il est impossible de présenter ces objets sous des
formes finies et déterminées. Les arts

peuvent y faire penser, et peuvent sans
doute monter l'âme sur un ton d'élévation qui lui permette de prendre son
essor vers les hauteurs de la religion,
et d'y séjourner quelque temps; mais les
arts ne doivent jamais essayer de donner à ces sublimes conceptions des formes précises et individuelles, ni de les
révéler aux sens.

Ce seroit une erreur plus grossière
encore de prendre pour l'infini de l'idée
les abstractions les plus subtiles, les plus
hautes, les plus générales. Elles ont un
faux air d'infini, parce qu'elles sont vagues, et qu'étant les derniers termes auxquels on peut ramener tous les objets,
elles paroissent les réunir tous ; quoique
dans le fait elles ne contiennent rien
de réel.

L'infini que la poésie doit manifester
aux sens et révéler à l'ame, c'est l'idéal
d'un objet, d'un sentiment, d'une pas-

sion, d'un vice, d'une vertu, en général
du caractère que la poésie veut peindre
et exprimer. Ce sera l'infini de l'amour,
de la tendresse filiale ou maternelle, de
l'ambition, de l'orgueil, de la haine, de
l'héroïsme, du dévoûment à la patrie,
à la liberté, à la gloire; en général ce
sera l'infini de toutes les passions que les
arts reproduisent, en tant que chaque
passion sera saisie et peinte à son plus
haut degré de force et d'énergie possible. Dans l'être de sa création, auquel
le poëte donne les traits les plus individuels, il a l'art de montrer ou de faire
soupçonner tous les sentimens, toutes
les passions, toutes les vertus du genre
de celles qu'il donne à son héros; c'est
ainsi qu'il prouve que c'est une idée et
une idée infinie qui a présidé à sa composition et à son travail. Il faut que
cette idée préexiste dans toute sa perfection aux signes sensibles qu'elle appelle pour la revêtir de chairs et de couleurs, pour lui donner des traits et une

voix qui l'introduisent dans le monde sensible.

Tout poëte qui suivra une marche différente ne sera pas un véritable poë- te ; il fera des portraits et non des ta- bleaux ; il ressemblera aux peintres de l'école flamande, et il aura tout au plus leur genre de mérite, sans soupçonner même le genre de beautés supérieures, qui caractérise l'école romaine. Pour avoir une juste idée de ce que c'est que l'idéal, et l'infini de l'idéal, il n'y a qu'à rapprocher les immortels ouvrages de Raphaël des plus beaux ouvrages du co- ryphée de l'école flamande, de Rubens. Tous les artistes, s'ils veulent atteindre le sublime de leur art, et les poëtes les premiers de tous, doivent faire, dans leur genre et avec les moyens dont ils peu- vent disposer, ce que Raphaël a fait dans le sien. En contemplant les chefs- d'œuvre de Raphaël, on saisit facile- ment le vrai caractère de l'art. On voit

clairement que chez lui l'idée a existé
avant les formes; qu'elle est sortie grande
et pure du sein de l'imagination de l'artiste, pour s'unir, par des affinités se-
crettes, aux formes qui lui convenoient
le mieux. Aussi dans la méditation de ses
divins ouvrages, c'est l'idée qui frappe
la première, et qui frappe le plus. Au
contraire, dans l'école flamande les tableaux d'histoire mêmes sont encore
des portraits; on voit que la forme a
existé dans l'imagination de l'artiste
avant l'idée, et que cette forme n'est
qu'une copie ou un reflet de celles de
la nature. Cependant l'individualité est
toute aussi grande et aussi admirable
dans Raphaël, que dans les grands peintres flamands, car tout est chez lui précis et déterminé; mais les objets qu'il
nous présente sont des êtres individuels,
sans être des individus; en les considé-
rant on voit qu'ils n'ont pas existé, mais
on sent qu'ils réunissent tout ce qu'il
faudroit pour exister en effet, et l'on

se dit que ce sont de véritables créations
et non de simples copies.

Si j'ai bien développé mes principes,
j'ai justifié ma définition, et la poésie
est l'art ou la puissance libre de peindre par la parole l'infini de l'idée, sous
des traits individuels et des formes finies.

Rapprochons cette définition de celles que donnent la plupart de ceux qui
se sont occupés de la philosophie des
beaux arts. Selon les uns, la poésie est
l'art de peindre la nature par la parole;
selon d'autres, elle est l'imitation de la
belle nature. Il y a quelque chose de
vrai dans ces deux définitions, mais elles
sont vagues, et prêtent à de nombreuses équivoques; elles supposent beaucoup de définitions antérieures; proprement elles n'expliquent rien, et dans
ce qu'elles ont de vrai, il est facile de
prouver qu'elles se rapprochent de la

nôtre. Ce rapprochement pourra peut-
être répandre quelque jour sur les rapports de la nature et de l'art.

On pourroit regarder les termes de
nature et d'individualité comme synonymes. Tous les êtres qui composent la
nature sont des êtres individuels; tous
les individus sont dans la nature; l'individualité est la première condition
de l'existence.

Sous ce rapport, la poésie doit imiter
la nature; car elle doit donner aux objets qu'elle crée ou qu'elle reproduit, le
plus haut degré d'individualité. Les individus de la nature ont existé ou existent, ou existeront; il suffit que les individus que la poésie crée, réunissent
tous les caractères de l'existence et puissent exister. Le poëte a toujours fait un
mauvais ouvrage, quand les traits des
êtres de sa création ne sont pas décidés,
finis, prononcés, et qu'il a laissé quel-

que chose dans le vague. A cet égard,
l'art doit ressembler à la nature.

Mais la nature suit des lois propres
et invariables, et elle produit les êtres
conformément à ces lois sans le vouloir, indépendamment de toute autre
idée. Elle ne travaille pas pour plaire
aux sens, à l'imagination, au jugement;
mais elle travaille pour la conservation
de l'univers et pour la propagation des
êtres. L'art, enfant de la liberté et de la
pensée, travaille à exprimer une idée
sous des traits individuels. C'est à cause
de cela que nous avons appelé l'art,
idéal. Ici l'art et la nature se divisent,
s'éloignent, et prennent une route différente. L'un ne doit pas imiter l'autre.

Cependant, dans le système théiste
la nature est aussi idéale. Dans les principes de ce système, chaque être est le
résultat d'une pensée, une pensée vivante. Comme la pensée primitive est

infinie, chaque être nous offre l'infini sous des formes finies et déterminées.

Mais la pensée infinie et primitive ayant, dans la succession éternelle des êtres, et dans la production continuelle de ses ouvrages, un autre objet que celui de se peindre aux sens, et de se manifester sous des formes individuelles, toutes les empreintes de ses pensées ne réussissent pas également bien. Sous le rapport du beau, tous les exemplaires des êtres n'ont pas le même degré de perfection. Il y en a où les pensées de la pensée primitive sont exprimées foiblement; d'autres où elles le sont avec la plus grande force et la plus grande énergie.

Ce sont ces individus que l'art choisit pour servir de signes visibles ou d'emblêmes à ses pensées, ou du moins c'est d'eux qu'il emprunte les traits dont il compose ses propres types. Alors on

pourroit peut-être dire que l'art imite
la belle nature. Cependant il l'imite à
son insçu, et il puise ses belles formes
dans l'imagination seule, enrichie par la
contemplation et par l'étude de la nature. Dans ce sens encore, l'art est et
doit être idéal.

Il résulte de cet examen que la nature, dans ses productions d'élite, ressemble à l'art, parce qu'elle semble quelquefois avoir travaillé d'après l'idéal, et
qu'il y a des êtres qui expriment la pensée infinie avec plus de vivacité et de
force que d'autres. L'art à son plus haut
degré de perfection ressemble à la nature, parce qu'il donne aux êtres de
sa création la plus complète individualité.

Ainsi la nature et l'art paroissent dif-
férer entièrement dans leurs ébauches;
ils se rapprochent et se réunissent
dans la perfection. Pour juger de cette

I.   12

perfection et de cette beauté, il ne faut pas invoquer la nature, mais il faut invoquer des principes supérieurs, auxquels la nature et l'art soient subordonnés.

ESSAI

SUR LA DIFFÉRENCE

DE LA POÉSIE ANCIENNE

ET

DE LA POÉSIE MODERNE.

ESSAI

SUR LA DIFFÉRENCE

DE LA POÉSIE ANCIENNE

ET

DE LA POÉSIE MODERNE.

L'ATTENTION est la mère du génie dans les sciences; l'imagination est le principe du génie dans la poésie et dans les arts. La première voit ce qui est, et sa sphère est le monde réel; la seconde produit ce qui n'est pas; elle crée, et sa sphère est le possible.

En effet, l'imagination paroît exercer un pouvoir créateur; mais ses créations ne sont pourtant jamais que des combi-

naisons neuves, qui demandent et supposent toujours une matière préexis-
tante. Elle ne sauroit créer de rien. Les
circonstances doivent donc avoir sur
elle une grande influence, et lui donner une couleur et une direction particulières. Les objets de la nature physique et morale qui parlent aux sens, dé-
cideront plus ou moins de la nature des
combinaisons de l'imagination. Elle im-
primera un caractère différent à ses ouvrages, selon le siècle, la contrée, le
climat, les aspects de la société, qui lui
fournissent les élémens de ses tableaux.

La poésie, la fille de l'imagination, sera donc, à mérite égal, différente d'elle-
même dans les différens âges. Comme
elle est toujours le résultat d'un état
donné de la civilisation, c'est cet état
qu'il faudra connoître et peindre pour
saisir et expliquer les traits caractéristiques de la poésie d'un siècle ou d'une
nation quelconque.

Le monde moderne ne ressemble pas au monde ancien. Ainsi la poésie ancienne et la poésie moderne ne peuvent et ne doivent pas se ressembler. La nature qui respire dans les poèmes d'Homère, doit être différente de celle que nous retracent les poèmes de l'Arioste et du Tasse, comme Corneille et Racine diffèrent d'Eschyle et de Sophocle.

Le monde réel dont les poètes anciens empruntoient les figures et les couleurs de leurs compositions, et les hommes qu'ils vouloient intéresser et émouvoir par leurs ouvrages, sont placés à une grande distance du monde actuel, et des hommes à qui les poètes modernes veulent plaire.

Sans doute, la nature du beau ne change pas. Dans les plaisirs de l'esprit et de l'imagination, l'homme est assujéti à des lois invariables, que les poètes doivent respecter, et dont ils ne s'écar-

tent jamais impunément. Cette législa-
tion du goût est la même pour les poëtes anciens et pour les poètes modernes.
Mais ces lois laissent au génie une grande
latitude dans le choix du sujet, du ton
et des formes. Elles exercent sur lui une
action plutôt négative que positive; elles
indiquent ce qu'il faut éviter, bien plus
que ce qu'il faut faire.

On dira peut-être que les poètes étant
toujours partis de l'idéal, ou ayant toujours dû y tendre, il semble que l'état
donné du monde réel, de la société, de
la nature, soit une chose assez indiffé-
rente dans l'histoire de la poésie. Des
poètes et des artistes fort éloignés les
uns des autres, et placés à une grande
distance de temps et de lieux, peuvent
se rencontrer dans l'idéal. Nous répon-
drons que beaucoup de poètes n'ont pas
eu une direction bien marquée vers
l'idéal. Plusieurs poètes anciens qui paroissent avoir quelque chose d'idéal,

n'étoient dans le fait que de fidèles co-
pistes de la nature qu'ils avoient sous
les yeux. L'illusion qu'ils nous font,
vient de ce que la nature qu'ils ont
peinte étoit bien différente de celle au
milieu de laquelle nous vivons.

D'ailleurs, qu'est-ce que reproduire
l'idéal, travailler d'après l'idéal? Cette
expression peut avoir deux sens; quel
que soit celui qu'on y attache, il est clair
que la nature et les circonstances qui
environnent le poëte, auront toujours
de l'influence sur l'idéal de son imagination. L'idéal consiste-t-il à faire pré-
sider une idée quelconque à un ouvrage, ou à réaliser une idée quelconque
sous des formes sensibles? Le genre et
la nature de ces idées dépendront sure-
ment de l'originalité du génie du poëte,
mais elles dépendront aussi plus ou
moins de l'aspect général de la société,
et des idées qui seront en circulation
à cette époque. Tel grand poëte grec

auroit de notre temps revêtu des formes et des couleurs de la poésie un idéal
bien différent de celui qu'il a réalisé.
L'idéal n'est-il autre chose que la belle
nature? Consiste-t-il à choisir entre mille
traits épars, dans la nature inanimée
et vivante, les traits les plus propres à
former un bel ensemble, et à faire sur
l'imagination des autres des impressions
profondes? Dans ce cas, l'idéal portera
toujours plus ou moins l'empreinte de
la nature qui lui a fourni ses élémens,
et des hommes à qui il s'adresse.

Ainsi, quelles que soient les idées
qu'on se fasse de la poésie, il paroît évi-
dent que l'état donné du monde et de
la civilisation à chaque époque, a imprimé à la poésie un caractère particulier.

Dans l'histoire de l'espèce humaine
en Europe, on observe que deux fois le
travail de la civilisation a recommencé,

et que deux fois il a pris une marche
et des formes différentes. La première
fois, ce fut dans le pays habité par les
Hellènes et les Pélasgues, que l'esprit
humain a pris son essor; la seconde fois
ce fut chez les Germains, qui ont fondé
tous les états modernes. Delà vient que
nous ne formons que deux grandes masses des révolutions de la littérature,
quelque hétérogènes que soient les élémens qui les composent; nous disons
la littérature ancienne et la littérature
moderne.

Les siècles héroïques de la Grèce ont
été l'époque de la jeunesse de la littérature ancienne; les siècles de la chevalerie, l'époque de la jeunesse de la
littérature moderne. Les uns et les autres ont eu une influence décisive sur
les mœurs, l'esprit, le caractère, et par
conséquent la poésie des siècles suivans.

Les deux époques présentent plu-

sieurs traits de conformité frappans.
L'ordre social étoit également imparfait
dans l'une et dans l'autre. La force y te-
noit lieu de lois; au sein de l'anarchie,
la valeur personnelle pouvoit seule prévenir les injustices ou les venger; tout
en combattant les hommes violens et
injustes, il falloit combattre la nature;
elle offroit encore des monstres, et l'art
n'avoit triomphé ni de ses horreurs, ni de
ses dangers. L'ignorance générale faisoit
aimer l'extraordinaire et le merveilleux;
toutes les qualités corporelles étoient en
honneur, parce qu'elles étoient nécessaires; le courage et la bravoure étoient
accompagnées de toutes les vertus qui
paroissent tenir à la force du corps et
de l'ame; elles inspiroient la franchise et
la loyauté; l'hospitalité étoit un usage
né des circonstances mêmes où se trou-
voit la société, et du degré de civilisation auquel elle étoit parvenue; les passions étoient vives, fortes, prononcées;
on savoit aimer, on savoit haïr; l'amitié

:toit plus sainte, les vengeances plus
mplacables; le besoin les légitimoit en
quelque sorte. A ces deux époques de
'histoire, qui furent pour la Grèce et
)our le moyen âge l'aurore de la civi-
isation, le génie des peuples étoit poé-
.ique; l'imagination et la sensibilité, qui
:e développent toujours avant la raison,
:toient alors dans toute leur sève et
lans toute leur fraîcheur; la société et
a nature portoient l'empreinte de la
eunesse; le monde même avoit un aspect poétique. Les premières entreprises
où il y eut du concert, les premiers ex-
ploits qui eurent un but d'utilité générale, les premières expéditions lointai-
nes, firent sur les esprits des impressions
profondes, devinrent les sujets favoris
de la poésie, et donnèrent aux poèmes
un ton, des couleurs, et des formes particulières. L'expédition des Argonautes,
la guerre des Sept contre Thèbes, et surtout la guerre de Troie, ont été dans
la littérature ancienne le canevas sur

lequel les poètes grecs et latins ont jeté
de riches et magnifiques broderies, et
dont ils ont fait le fond de leur religion poétique, l'éternel sujet que tous
les arts ont reproduit et traité sous des
formes différentes. Les guerres contre
les Maures d'Espagne, et celles contre
les Sarrasins d'Asie et d'Afrique, ont eu
pour le moyen âge le même intérêt et
la même importance. C'est là le centre
autour duquel a tourné toute la poésie
du moyen âge.

Tels sont les principaux traits de res-
semblance des siècles héroïques et des
siècles de la chevalerie; leurs différences
sont peut-être plus nombreuses et plus
saillantes encore. La différence des événemens qui forment, dans la littérature
ancienne et dans la littérature moderne,
les principaux thêmes de la poésie, a dû
amener de grandes différences dans le
ton et le caractère de la poésie à ces
deux époques. Le sol, le climat, les

amours, les armes, les costumes, les idées régnantes, la vie domestique et la vie sociale, tout est différent, pour ne pas dire opposé entre l'expédition des Argonautes et la guerre contre les Maures, entre la guerre de Troie et les croisades.

Quand on veut expliquer la différence de la poésie ancienne et de la poésie moderne, c'est sur la différence de la religion, de l'organisation sociale et de la condition des femmes à ces deux époques, qu'il faut surtout insister.

La religion n'entroit pour rien dans les entreprises qui enflammèrent l'imagination des premiers poëtes de la Grèce; l'objet de la guerre contre les Maures d'Espagne, et surtout l'objet des croisades, étoit purement religieux.

Cette différence est réelle, mais elle est légère à côté de celle que présente

la nature même de la religion que les
croisades devoient faire triompher, comparée avec la religion des Grecs. La religion des Grecs étoit éminemment poétique, parce qu'elle reposoit sur la person-
nification des forces de la nature. C'étoit
au fond le pur anthropomorphisme. Les
dieux des Grecs n'étoient que l'idéal des
Grecs eux - mêmes. L'homme ne peut
sans doute jamais, dans les représentations qu'il se fait de la divinité, se dé-
gager entièrement de sa manière de
voir, de sentir, de juger; nous prêtons
à la divinité quelques-uns des traits de
notre nature intellectuelle et morale.
Les Grecs donnoient à leurs dieux les
formes et les traits de l'humanité; ils
plaçoient chaque classe des objets de la
nature sous la garde d'un être doué de
force et de beauté physiques, d'intelligence et de liberté, de désirs et de passions. Cette religion offroit donc à l'imagination, des êtres individuels avec des
attributs et des traits déterminés; elle

étendoit, embellissoit, vivifioit le monde
sensible ; bien loin d'affoiblir l'empire
des sens, elle multiplioit leurs jouissances, et sous tous ces rapports, elle fa-
vorisoit la poésie, et lui fournissoit de
nouveaux moyens de succès.

Au contraire, la religion chrétienne
est une religion morale et métaphysique
qui n'a rien de poëtique et qui parle plus
à la raison qu'à l'imagination. Comme
elle repose sur des abstractions, elle en
suppose l'habitude ou elle en donne le
goût. Dans le moyen âge on a emprunté
de la religion payenne une partie de ses
cérémonies et de ses rites, des êtres de
sa création, et en les adaptant au christianisme, on a tâché de lui donner quelque chose de plus sensible ; cependant
on n'a pas pu changer sa nature. Le
monde dans lequel cette religion transporte l'homme, est et sera toujours le
monde des idées. La source d'où cette
religion émane, l'être qu'elle présente

à l'adoration de l'univers, les facultés
de l'homme à qui elle s'adresse, le but
auquel elle tend, les moyens qu'elle emploie, les ennemis qu'elle combat, les
récompenses et les peines dont elle en-
vironne ses préceptes, tout est chez elle
également immatériel et invisible.

Cette religion, dégagée des sens, pure,
intellectuelle, sublime est plus propre
à donner à la poésie les traits du sublime
que les formes de la beauté. N'offrant
rien d'individuel, elle a imprimé aux
imaginations fortes et poétiques un caractère particulier, en substituant les
idées aux images, les lois aux êtres, des
contours vagues et généraux à des contours précis et déterminés.

Pour nous autres modernes, tous les
êtres de la nature portent l'empreinte de
la nécessité, parce qu'ils obéissent tous
aveuglément à des lois souveraines et
immuables, émanées de l'intelligence

infinie. La nature est pour nous toujours
variée et toujours la même, toujours en
mouvement, et toujours permanente;
de là le silence, le repos, la solitude qui
en sont inséparables. Nous sommes
effrayés de l'existence, de la durée, de
l'uniformité de la nature, et nous ne comprenons rien à ses mystères profonds;
nous ne sommes frappés que de l'immensité de ce tout incompréhensible.
Comment donc la poésie moderne ne seroit-elle pas plus sombre que brillante,
et plutôt sublime que belle? Au contraire, pour les Grecs, la nature étoit
animée, vivante, peuplée d'êtres qui
leur ressembloient. Comment leur poésie n'auroit-elle pas été individuelle et
vivante? La poésie n'est jamais que la
nature dans laquelle un peuple vit, épu-
rée et idéalisée par l'expression.

De plus, la religion chrétienne repose
sur un livre; la religion des Grecs et
des Romains ne reposoit que sur des

traditions plus ou moins vagues, consi-
gnées dans leurs cérémonies, leurs fêtes,
leurs monumens religieux, et dans la
mémoire de leurs prêtres. La poésie et
les arts étoient par conséquent beaucoup plus libres dans leurs compositions qu'ils ne peuvent l'être aujour-
d'hui. Les poëtes pouvoient, avec plus
de facilité et plus impunément que les
poëtes chrétiens, modifier les faits et al-
térer les idées qui formoient la croyance
du peuple. D'ailleurs, l'existence seule
de ce livre antique et respecté qui sert
de base à la foi des chrétiens, a donné
un caractère particulier à la littérature
moderne; caractère peu favorable à la
poésie, surtout depuis l'invention de
l'imprimerie. Les livres ont pris la place
de la nature; on n'a connu les objets
que médiatement, au lieu de recevoir
d'eux des impressions directes et immé-
diates; on a considéré les copies, au lieu
d'étudier les originaux. Les hommes de
génie, qui dans les temps modernes ont

acquis et mérité le titre de poëtes, avoient
sans doute vécu plus ou moins avec la
nature, cependant eux aussi avoient
beaucoup vécu dans le monde des livres, et plusieurs en ont porté la peine.
Tout est chez ces derniers moins frais,
moins vifs, moins individuel que chez
les poëtes anciens, et le monde ancien
étoit bien plus susceptible que le monde
moderne de recevoir de la poésie des
impressions profondes.

Enfin la religion chrétienne est le
triomphe de la liberté de l'homme ; la
religion payenne étoit le triomphe du
destin. Dans le christianisme, l'idée dominante est l'idée de la loi du devoir.
Cette loi simple, immuable, universelle,
est à la fois la preuve et l'objet de la liberté ; elle fait tantôt le désespoir, et
tantôt la joie du cœur. Le devoir suppose l'indépendance de la volonté, et
cette indépendance consiste dans la soumission volontaire à la règle. On ne peu

y parvenir qu'en maîtrisant ses passions;
ces passions actives et impétueuses lut-
tent sans cesse contre le devoir; elles
sont faites pour obéir et elles veulent
commander. On ne doit pas les détruire,
et l'on n'est jamais sûr de les avoir en-
chaînées; elles renaissent de leurs dé-
faites, et changent de formes à l'infini.
Dans le cœur des hommes, la liberté
n'est jamais assez forte pour empêcher
la résistance des passions; les passions
ne sont jamais assez violentes ni assez
tyranniques, pour effacer la règle, et
pour prévenir toute espèce de réaction
de la part de la liberté. Aussi dans la
poésie moderne le combat des passions
contre la liberté et le devoir est le pivot
sur lequel tourne toute la poésie épique
et dramatique. Que l'homme y paroisse
coupable ou vertueux, victime innocente des crimes des autres, ou tyran et
bourreau de ses semblables; ses remords
et son repentir, ou la conscience de son
mérite et de sa vertu, l'annoncent tou-

jours comme un être moral et procla-
ment sa liberté. Il n'y a d'autre nécessité
dans la poésie moderne qu'une nécessité intérieure, la nécessité de la nature
sensible, physique, passionnée, celle
des besoins et des penchans qui lutte
contre la liberté de la volonté et de la
raison.

Dans la religion des Grecs, et par conséquent dans la poésie ancienne, ce qui
domine, c'est la lutte des passions contre
le destin. Cette puissance est forte, irrésistible, immuable; d'une main de fer
elle maîtrise les dieux eux-mêmes; elle
pousse et entraîne aux forfaits; elle
amène ou empêche les actions vertueu-
ses, enlève la honte aux unes et le mérite aux autres, donne des succès écla-
tans au crime et paye l'héroïsme par le
malheur, rend le vice heureux et les
vertus inutiles ou funestes, et sa force
supérieure se joue de toutes les forces
humaines. Tel est le destin; la lutte des

passions contre lui, lutte plus ou moins
sérieuse, longue, cruelle, violente, mais
toujours infructueuse, remplit toute la
poésie ancienne et lui imprime un caractère tout particulier. Il suffiroit de
cette différence qui sort avec une force
frappante de l'esprit du monde ancien
et de celui du monde nouveau, pour
prouver que la littérature ancienne ne
peut et ne doit pas ressembler, sous tous
les rapports, à la littérature moderne.
Dans la première, la nécessité fait ressortir la liberté; dans la seconde, la liberté ne sert qu'à faire ressortir l'empire de la nécessité; dans l'une, l'homme
paroît davantage et paroît plus grand
sous le rapport moral; dans l'autre, la
nature et le destin l'emportent; l'homme
paroît plus fort et plus malheureux.

Dans la poésie épique et dramatique
moderne, le combat des passions les unes
contre les autres et la lutte des passions
avec le devoir, soit qu'elles succombent

ou qu'elles triomphent, nous intéres-
sent et nous touchent vivement, pourvu
que le héros ne soit pas méprisable. Ce
point de vue offre une grande variété
de moyens et d'effets poétiques. Selon
le caractère et le sort de la passion,
on éprouvera les frémissemens de l'horreur et toutes les nuances de la pitié,
tous les transports de l'admiration, et
toutes les émotions de la sympathie. La
poésie nous offrira le plus haut degré
de l'énergie du sentiment et du délire
de la passion, ou le plus haut degré de
force morale ; toujours elle nous donne
la conscience de la dignité de la nature
humaine, et elle nous fournit la preuve
de l'activité et de la liberté de l'homme.

Dans la poésie épique et dans la
poésie dramatique ancienne, et surtout
dans la dernière, une seule idée repa-
roît toujours sous d'autres noms, sous
d'autres formes, reproduite dans des
personnages différens ; c'est celle du

destin triomphant de la résistance de
l'homme, et décidant de son sort à son
insçu ou malgré sa volonté. Il y a plus
de monotonie et moins de richesses
dans ce point de vue. D'ailleurs cette
force toujours mènaçante et toujours
inconnue, ce pouvoir irrésistible et
mystérieux contre lequel l'homme se
débat en vain et qui se joue de ses
efforts et de ses intentions comme de sa
prévoyance, ne peut faire naître dans
l'ame d'autre sentiment qu'un mélange
de pitié profonde et d'une secrète horreur. Ce sentiment a quelque chose de
vaste, de sombre, d'infini qui en fait
un sentiment sublime; mais à la longue
il est triste et accablant, comme tout ce
qui est sublime, et, de plus, découra-
geant et pénible, parce qu'il rabaisse
l'homme à ses propres yeux.

Telle étoit la différence des religions
dans les temps anciens et dans les temps
modernes; le mécanisme social et les

formes de la société étoient peut-être
plus différens encore à ces deux époques. Les états anciens reposoient sur
l'esclavage personnel ; les états modernes reposent sur la liberté civile. Dans
les premiers, du moins dans les répu-
bliques, il y avoit une très-grande liberté politique; ceux qui formoient la
classe des citoyens étoient autant de
parties intégrantes du souverain, et
prenoient une part active au gouvernement. La chose publique étoit leur principale, grande, unique affaire ; la plupart s'y livroient exclusivement, et n'en
étoient pas distraits par l'exercice des
arts mécaniques qui étoient abandonnés
aux esclaves. Dans les seconds, du moins
dans la plupart des états modernes, la
liberté politique a presque entièrement
disparu; un seul homme paroît, veut, agit;
les autres ne sont que des instrumens do-
ciles, des exécuteurs fidèles de ses volontés ; la chose publique n'existe que pour
le petit nombre de ceux qui gouvernent;

tous les autres uniquement occupés de leurs affaires particulières et de leurs intérêts, se livrent à des travaux mécaniques qui assurent leur existence et qui créent la richesse nationale ; ils ont l'esprit et le caractère de leur état, bien plutôt qu'un caractère national ; l'empreinte qu'ils reçoivent de leurs occupations journalières est bien plus forte que celle que leur donnent leurs institutions et leurs lois. Les états anciens paroissent être de grandes entreprises de liberté, faites, conduites, défendues en commun par tous les citoyens ; les états modernes semblent n'être que de grands ateliers de travail où les ouvriers ne songent qu'à multiplier leurs productions et leurs jouissances, et dont le gouvernement n'est autre chose qu'une police de sûreté ou une police correctionnelle. Chez les anciens la société étoit composée de moins de ressorts, mais ces ressorts étoient plus actifs et leur jeu étoit plus brillant ; la petitesse même des états n'admettoit pas des rapports nombreux et compliqués.

Il y avoit moins de machines et plus d'hommes en action; moins de rouages et plus de pensées et de volontés; moins de formes et plus d'esprit public. Aujourd'hui l'étendue des états et l'immense concurrence des hommes libres embarrassent le mouvement social, ou le rendent prodigieusement compliqué. Ces idées seroient susceptibles de développement; ce que nous avons dit suffit pour prouver que la différence du mécanisme social a dû amener une grande différence de mœurs entre les anciens et les modernes, et que celle-ci a dû influer sur les caractères de la poésie.

Enfin une circonstance des mœurs modernes qui a eu, sur la poésie moderne, l'influence la plus décisive, c'est la condition des femmes dans le monde moderne et le rôle qu'elles y jouent. Chez les anciens, esclaves dans les siècles de barbarie, elles ont, à l'époque même de la civilisation, occupé une place subordonnée dans la Grèce et à Rome. En Grèce, retirées dans le gynécée, isolées, sédentaires, éloignées des affaires, des plaisirs, du commerce et de la société des hommes, elles n'exerçoient pas sur eux l'empire de l'imagination et du sentiment. Cet état de choses pouvoit les rendre estimables, sans les rendre aimables et intéressantes. En général les Grecs prenoient peu d'intérêt aux femmes, et ce défaut d'intérêt explique les égaremens de leurs goûts et l'ascendant prodigieux, la réputation éclatante des Phrynés, des Laïs et des Aspasies. A Rome, dans les siècles mâles et austères où les Romains ne savoient manier que la charrue et l'épée, et où ils se préparoient à la conquête du monde, les femmes furent environnées du respect public, mais elles étoient étrangères à ce mouvement d'imagination qui ins-

pire l'amour et qui le fait éprouver.
Lorsque la conquête du monde eut
réuni dans les murs de Rome les richesses des nations, les raffinemens des
sens furent portés à leur comble; la sensualité étouffa le sentiment; au lieu d'al-
lumer et de nourrir les feux du cœur,
l'imagination ne servit plus qu'à réveiller des appétits éteints et à fournir à la
volupté de nouvelles combinaisons de
débauche. Alors les hommes, jaloux de
multiplier leurs faciles conquêtes, les
femmes avides de plaisir, furent également incapables de connoître une passion aussi délicate que l'amour; les deux
sexes avoient aussi peu la puissance que
le besoin d'aimer. Il n'est donc pas étonnant que le sentiment moral de l'amour
occupe si peu de place dans la littérature ancienne : Virgile est le seul poëte
de l'antiquité qui ait peint cette passion avec vérité et avec force; les autres
n'ont peint que l'ivresse du désir. En
lisant le quatrième livre de l'Enéide,

on ne peut se défendre de croire que
Virgile avoit aimé, ou que du moins son
ame sensible lui avoit fait deviner ce
que les mœurs générales ne lui avoient
pas permis d'observer et de connoître.
Sappho exprime le délire des sens; Ana-
créon chante le plaisir; l'art d'aimer
d'Ovide n'est que l'art de séduire et de
jouir; Horace, Catulle, Tibulle, Pro-
perce, décrivent, désirent ou regrettent
des jouissances; restant fidèles au caractère de leur talent et de leur génie, ils
célèbrent la volupté tantôt avec feu,
tantôt avec grace et avec mollesse. Dans
la tragédie ancienne, l'amour, bien loin
d'être le roi de la scène, ose à peine s'y
montrer, et quand il y paroît, c'est
sans noblesse et sans force. Eschyle, Sophocle, Euripide, ont dédaigné d'employer ce ressort; ou plutôt ils ne l'ont
pas connu, et quand ils essayent de le
faire jouer, ils n'y réussissent pas. Euripide est le seul qui ait exercé ses pin-
ceaux sur ce sujet. Phèdre aime Hip-

polyte, mais cet amour est une véritable
frénésie; c'est une malédiction des dieux
bien plutôt qu'une passion. Il ne falloit
pas moins que l'ame, le génie, et surtout le siècle de Racine, pour faire du
feu qui dévore Phèdre le feu du sentiment, et pour donner à sa passion quelque chose d'intéressant et de moral,
sans s'écarter de la tradition, et sans dénaturer entièrement le sujet.

Les anciens n'ont donc pas pu ou
n'ont pas voulu peindre l'amour; ce n'é-
toit pas faute de sensibilité, car ils ont
peint avec des touches brûlantes la piété filiale, l'amour conjugal, la tendresse
maternelle, l'héroïsme de l'amitié. An-
tigone, Andromaque, Hécube, Oreste
et Pylade seront à jamais l'idéal de ces
douces et profondes affections de la nature. S'ils n'ont pas peint l'amour, c'est
qu'à cette époque de l'histoire de l'espèce humaine ce sentiment n'existoit
pas, comme il a existé dans le moyen

âge et dans les siècles suivans. Il a pris
naissance avec la chevalerie ; ou plutôt
il étoit un des élémens de cet esprit
chevaleresque, qu'on pourroit appeler
à juste titre la fleur de la civilisation
européenne. On prétend que déjà au
sein de leurs forêts les Germains avoient
une espèce de vénération religieuse pour
les femmes. La religion chrétienne, en
prêchant l'égalité morale, avoit rétabli
tous les hommes dans leurs droits pri-
mitifs ; en abolissant l'esclavage elle rendit aux femmes leur dignité naturelle,
et les tira de la servitude où les avoient
précipitées les institutions sociales et la
barbarie générale des mœurs. La chevalerie acheva l'ouvrage de la religion ;
en prêtant à la plus impétueuse des passions une beauté morale, elle lui donna
presque les traits de la vertu, et les
femmes acquirent un plus haut degré
d'élévation et de pureté. A cette époque,
elles étoient assez rapprochées de la société des hommes pour leur inspirer le

désir de plaire, assez libres pour ne pouvoir être obtenues que d'elles-mêmes,
assez retirées du monde pour être cou-
vertes du voile du mystère, et recevoir
de l'imagination ce charme ineffable
qu'elle répand sur tout ce qui est inconnu. Les femmes devinrent les idoles
des héros, les objets de leurs chastes et
timides désirs, les ornemens de leurs
fêtes, les récompenses de leur valeur.
Bientôt elles embellirent la poésie, comme elles embellissoient le monde, et la
poésie répandit autour d'elles une vapeur magique et divine. L'amour moral
fut chanté par les Troubadours; à l'époque de la renaissance des lettres, il de-
vint l'ame de la poésie moderne, où il
a long-temps conservé son empire, et à
qui il a ouvert une source inépuisable
de beautés. Pour sentir quelle influence
prodigieuse cette circonstance seule a
eue sur la poésie moderne, et quelle
différence elle établit entre elle et la poésie ancienne, il suffit de chercher dans

toute l'antiquité des êtres qui ressemblent, même de loin, à la Béatrix du
Dante, à Laure, l'immortelle amante de
Pétrarque, à Bradamante, à Isabelle, à
Aleine dans l'Arioste, à Herminie et à
Clorinde dans le Tasse, à toutes les créations dont Corneille, Racine, Voltaire
ont embelli la scène. Qu'y a-t-il dans la
littérature de la Grèce et de Rome, que
l'on puisse comparer à Julie et à Roméo,
à Othello et à Desdémone, dans Shakespeare, à l'Héloïse de Pope, et même
à l'Ève de Milton? Il faut se demander
ensuite que deviendroit la poésie moderne, si l'on en faisoit disparoître les
femmes et le sentiment moral de l'a-
mour? Ce seroit ôter à la nature ses par-
fums et ses couleurs, à l'atmosphère les
rayons qui l'éclairent, l'échauffent et y
produisent mille accidens de lumière,
à la poésie grecque l'Olympe et ses
dieux.

Ces beaux temps de la chevalerie ne

sont plus, et à mesure que l'on s'est éloigné d'eux, le sentiment moral de l'amour
a perdu de sa force et de son empire.
La galanterie, le mensonge de l'amour,
a pris sa place, comme la politesse a pris
celle de la bienveillance; le commerce
journalier des deux sexes a dissipé le
prestige de l'imagination, et a introduit
dans la société des raffinemens de tout
genre, aussi contraires à la vérité des
idées et du langage, qu'à l'énergie du
sentiment. Les hommes et les femmes
ont acquis par ce rapprochement intime
plus de culture, de goût, de lumières et
de liberté, mais ils se sont éloignés de
la nature, et le désir vague de plaire
a éteint ou affoibli le besoin d'aimer. Il
est résulté de là pour les hommes une
habitude de galanterie et de fausseté,
une dégradation insensible dans la fa-
çon de sentir, de penser, de vouloir,
de parler. Tout ce qui étoit vrai, mais
fort, a paru grossier; tout ce qui étoit
doux, mais foible, a paru gracieux. La

décence, avec toutes ses craintes et tous
ses scrupules, a tenu lieu de pudeur,
et à force de vouloir éviter tout ce qui
pouvoit blesser les sens d'un sexe délicat, on n'a plus donné aux objets leurs
véritables traits. D'un autre côté, les
femmes observées avec soin, épiées avec
art, exposées aux attaques secrètes et
sourdes de leurs ennemis naturels qui
tâchoient de prendre leur avantage, et
à qui elles ne vouloient pas donner prise, ont contracté l'habitude de la contrainte, de la dissimulation, de la feinte ;
elles ont paru ignorer ce qu'elles savoient, et ne pas comprendre ce qu'elles
comprenoient en effet ; elles ont fait sem-
blant d'être indifférentes, lorsqu'elles
étoient sensibles, et sensibles lorsqu'elles
étoient indifférentes ; le désir de plaire
leur a fait imaginer mille moyens de
surprendre les applaudissemens par des
artifices de parure, de mouvement, de
langage, et elles ont perdu leur simplicité et leur vérité primitives. Les hom-

mes se sont dégradés, et en se dégra-
dant ils ont fait descendre les femmes
de l'élévation qu'elles devoient au sentiment moral de l'amour. Cette dégradation des mœurs générales en Europe,
a commencé en France dans le temps
de la régence du duc d'Orléans; elle a
eu de l'influence sur la poésie, et lui
a enlevé le caractère que lui avoient
donné les siècles précédens ; mais ce
genre de dégradation étoit inconnu aux
anciens, et l'abus de la galanterie leur
étoit aussi étranger que le sentiment
moral de l'amour. La poésie moderne a
dégénéré avec les mœurs régnantes,
mais sous ce rapport, elle doit aussi
peu ressembler à la poésie ancienne que
sous les autres.

Ainsi la religion, l'organisation des
états, la condition des femmes, les formes de la société, devoient amener une
différence marquée entre la poésie ancienne et la poésie moderne. Cette dif-

férence est naturelle, elle est ineffaça-
ble, elle répand de l'intérêt et de la
variété sur la littérature. Les deux littératures sont soumises aux mêmes règles
du goût; elles doivent rivaliser en fait
d'unité, de vérité, de force, de simplicité, mais elles ne peuvent et ne doivent pas se ressembler; il est aussi absurde de vouloir calquer l'une sur l'autre, que de vouloir donner à la civilisation moderne les formes du monde
ancien. Voyons maintenant en quoi consiste la différence des deux littératures.

Un homme de génie [1], enlevé dans
la force et la maturité de l'âge aux muses
et à l'admiration de l'Allemagne, qui
dans l'histoire a jugé et expliqué les faits
en philosophe, et les a présentés en
peintre; qui a couvert la scène lyrique
de ses créations hardies et originales,
et qui, sur la lyre de Pindare, a prêté

[1] Schiller.

aux idées les plus sublimes des formes
sensibles et des accens harmonieux, a
encore répandu beaucoup de jour sur
les principes de son art. Dans un morceau plein d'aperçus lumineux et de
vues neuves, il a prétendu que la poésie ancienne étoit essentiellement différente de la poésie moderne. Il a appelé
l'une naïve, en tant qu'elle peint la nature dans son état de perfection, état
où les contrastes et les oppositions qu'offre la nature humaine sont réunis, ca-
chés, et confondus dans une touchante
harmonie, et où rien encore n'est en
saillie; il appelle l'autre sentimentale,
en tant que la poésie moderne peint
l'homme avec ses contrastes et ses oppositions. Les poëtes modernes aiment
la nature naïve, comme on aime un
bien qu'on a perdu; ils la regrettent et
la cherchent, mais ils ne produisent
jamais d'autre tableau que celui de la
lutte de la liberté avec la nature, du
combat des erreurs et des désordres des

passions contre l'ordre et l'harmonie ; lutte tantôt ridicule et comique, tantôt tragique et sombre.

Cette distinction m'a toujours paru plus ingénieuse que solide ; il falloit le génie de Schiller pour l'imaginer, et surtout pour la développer avec tant d'art ; il ne faut que des idées nettes et justes pour en faire sentir la foiblesse et les défauts.

Reprenons ses idées. La poésie des anciens étoit, selon lui, la peinture d'une nature innocente, qui n'étoit pas encore en opposition, ni en guerre ouverte avec la liberté.

Il n'y a peut-être point de terme dans les langues, dont on ait fait un plus grand abus que de celui de nature. L'histoire de ce mot bien faite, seroit un morceau très-intéressant de l'histoire de l'esprit humain. Dans l'usage qu'on

fait de ce terme, on distingue sans cesse
la nature d'elle-même. On dit les êtres
de la nature, les lois de la nature, comme
si elle étoit autre chose que l'ensemble
de ces êtres et de ces lois. Surtout on
oppose toujours la nature à l'art. On retrouve la nature dans les enfans, dans
les peuples sauvages, on ne veut pas la
reconnoître dans l'homme fait et dans
les nations civilisées. Cependant l'homme, à quelque époque de son histoire
qu'on le prenne, ne renie jamais la nature humaine. La nature consiste dans
la perfectibilité, et par conséquent dans
l'art. L'art n'est autre chose que la nature de l'homme, se développant sous
l'influence continuelle des lieux, des
temps et des circonstances. Cet âge d'innocence, où la liberté morale et les penchans naturels doivent avoir été dans
une harmonie parfaite, cet âge d'or de
l'espèce humaine, connu par les regrets
de tous les âges, s'il avoit existé, n'auroit pas été plus dans la nature que

ceux qui lui ont succédé. Mais cet âge d'or n'a pas plus existé dans le monde ancien que dans le nôtre, et il n'appartient pas plus à la poésie ancienne qu'à la poésie moderne. Le monde et la poésie nous ont toujours offert le combat des passions et de la liberté morale, avec des nuances et des modifications innombrables.

Quand les poëtes modernes peignent, sous des traits marqués et caractéristiques, des actions ou des personnages, ces personnages seroient encore naturels dans la véritable acception du mot, lors même qu'ils appartiendroient à un siècle où les raffinemens de la sensualité seroient portés à leur comble. Ulysse et le divin porcher, Nausicaé et ses femmes, ne sont pas plus dans la nature que le prélat du Lutrin ou Chrysale dans les Femmes savantes. On ne sauroit donc dire en général, que les poëtes anciens sont plus voisins de la nature que les

poëtes modernes. Ce seroit borner gra-
tuitement le nom de nature aux premières ébauches de la civilisation, à
l'exclusion de tous les autres états qui
leur ont succédé.

La poésie ancienne, dit-on, est éminemment naïve. Il est certain que la
naïveté fait souvent le plus grand charme
de la poésie ancienne, mais il est aussi
facile de prendre le change sur sa pré-
tendue naïveté. Beaucoup de choses
dans la littérature ancienne nous paroissent naïves, parce que nous prêtons à
ceux qui les ont dites notre manière de
voir, de sentir, de penser, et que nous
les rapprochons de l'état actuel de la
société. Tel écrivain nous paroît naïf,
qui ne le paroissoit pas à ses contemporains; ils lui ressembloient trop pour
le juger tel. Il n'y a donc rien de plus
relatif ni de plus arbitraire, que l'impression que nous recevons à cet égard
de la poésie ancienne.

D'un autre côté, Molière et La Fon-
taine chez les François, l'Arioste et le
Tasse chez les Italiens, Shakespeare chez
les Anglois, sont tous naïfs dans le sens
où l'étoient les grands poëtes de l'antiquité. A l'exemple de ces derniers, ces
grands poëtes modernes peignent leurs
compositions avec une fraîcheur de coloris inimitable, et une vérité franche
d'expresssion dont ils ne paroissent pas
même toujours s'apercevoir. Les êtres
de leur création ont un si haut degré
d'individualité, qu'ils paroissent exister
ou avoir existé réellement, parce qu'ils
ont tous les caractères et toutes les conditions nécessaires à l'existence.

La poésie moderne est, dit-on, sentimentale. Nos poëtes s'attendrissent sur
la nature et sur la société. Ils peignent
avec une volupté secrète les sentimens
que la nature leur inspire, bien plus
que la nature elle-même; ils se ressen-
tent des habitudes rêveuses de la ré-

flexion. Les poëtes grecs avoient plus
d'imagination; les objets de la nature
ou ceux qu'ils créoient d'après ce divin
modèle, les intéressoient directement
et faisoient sur eux des impressions profondes. Des images fortes et vives, des
sons harmonieux suffisoient pour parler à leur cœur. Aujourd'hui pour nous
plaire, il faut que les objets excitent
des pensées dans l'esprit des lecteurs.
Ce sont les pensées, bien plus que les
images, qui nous émeuvent et nous touchent.

Si cette disposition d'esprit étoit bien
constatée et générale chez les modernes, elle prouveroit trop; elle prouveroit que les modernes n'ont pas eu l'imagination poétique, et que leurs poëtes
ne sont que des orateurs ou des philosophes déguisés. Cette teinte sentimentale, que certains poëtes répandent sur
la nature, et qui n'est devenue commune en Europe que depuis cinquante

ans, ne seroit-elle pas une maladie d'i-
magination ou du moins un genre particulier, bien plutôt que le caractère
général de la poésie moderne? Les Italiens, les Espagnols, les Français, dans
l'âge d'or de leur littérature, se rap-
prochoient beaucoup des Grecs et des
Romains par la manière dont ils pei-
gnoient la nature; ils traitent des sujets
différens; ils les jettent dans d'autres
moules, ils leur donnent d'autres formes, mais ils n'ont pas la teinte sentimentale.

Cette teinte sentimentale et rêveuse
de beaucoup de poëtes modernes, résulte d'un défaut de sève et de vie dans
l'imagination et la sensibilité. Elle doit
être le caractère distinctif des ames d'é-
lite, dans les siècles où les progrès de
la sensualité et de la corruption marchent de pair avec le développement
rapide des esprits. A une époque pareille, les besoins sont impérieux, les

moyens de les satisfaire coûteux et difficiles; les productions de l'art donnent
le désir et le goût des raffinemens, les
habitudes du luxe et les mouvemens de
la vanité enfantent et mûrissent les passions; l'esprit les rend plus actives, plus
malfaisantes, plus dangereuses. Ce sont
là les maux et les suites funestes de
l'abus de la civilisation. Les hommes ,
doués d'un génie étendu, d'une sensibilité profonde, et d'une imagination
ardente, saisissent ces maux avec toutes
leurs conséquences, en sont doulou-
reusement affectés, les reproduisent et
les peignent avec force. S'ils sont poëtes, selon leur caractère ou la teinte de
leur humeur, ils exhaleront les sentimens qui les oppressent, dans des élé-
gies ou dans des satyres. Leur indignation ou leur tristesse seront d'autant
plus vives et plus profondes, qu'ils souf-
frent non-seulement comme témoins
des vices des autres, mais qu'ils souf-
frent encore de l'influence directe et

funeste que la civilisation exerce sur
eux. Plus ils ont l'esprit développé et
l'ame haute, et plus ils tiennent à des
idées de perfection intellectuelle, de
moralité pure, de bonheur absolu; ils
les opposent à la nature qui les envi-
ronne, et le contraste fait ressortir à
leurs yeux les imperfections et les défauts de la réalité. La sagacité de leur
esprit dissipe pour eux toutes les illu-
sions qui embellissoient la vie, et dé-
pouille à leurs yeux les objets du charme
qu'ils ont à la première vue. Leur raison
arrivée sur les confins de la science
humaine, y trouve des doutes qui l'in-
quiètent, ou des obscurités épaisses qui
l'attristent. Leur ame active a contracté
des besoins d'activité, avec lesquels les
objets ne sont plus à l'unisson. Leur ame
se dévore elle-même, et au milieu d'objets finis qui ne sauroient la satisfaire,
elle soupire sans cesse après l'infini. Mé-
contens de la société, ils se jettent dans
les bras de la nature; ils vivent avec

elle; elle devient la confidente de leurs
sentimens, l'occasion de leurs sombres
pensées, la dépositaire de leurs plain-
tes, de leurs regrets et de leurs désirs.
La nature leur paroît préférable à la
société, parce que la nature est toujours parfaite dans tous les momens de
son existence, tandis que la société n'est
que perfectible, et que par conséquent
elle est toujours imparfaite. La nature
elle-même ne trouvera pas toujours
grace devant eux, et deviendra l'objet
de leurs murmures, s'ils la séparent de
l'infini de la religion.

Dans un siècle qui offrira ces traits
et dont les hommes d'élite auront cette
teinte, rêveuse, réfléchie, sombre, la
poésie ne sera pas naïve, vivante, individuelle; il naîtra un nouveau genre de
poésie et d'éloquence, genre susceptible de grandes beautés, mais qui ne ressemblera pas, pour le ton et la couleur,
au genre d'éloquence et de poésie, le

plus connu et le plus estimé des anciens.

Cependant il faut se garder d'attribuer
les caractères de ce genre nouveau, à
tous les poëtes modernes : la plupart y
sont tout-à-fait étrangers, et se rapprochent beaucoup du genre des anciens.
On ne doit pas confondre dans une
même classe l'Arioste avec Casti, le Tasse
avec Alfieri ; Shakespeare, Milton, Dry-
den sont bien différens de Thomson, de
Young, de Gray, d'Akenside, de Savage
qui tous ont plus ou moins une teinte
sentimentale ; le style de Racine et de Fénélon ne ressemble pas à celui de Jean-
Jacques Rousseau et de Châteaubriant.

La différence qui existe entre la poésie
ancienne et la poésie moderne, consiste
beaucoup plus dans la différence des
sujets que l'une et l'autre ont traités,
que dans une différence générale de ton
et de manière. Cette différence des sujets

elle-même dérive de la différence des
mœurs et de l'esprit général des siècles,
à ces deux époques de l'histoire de l'espèce humaine. Cependant la différence
de ton et de manière est réelle; essayons
de la caractériser.

La poésie ancienne a quelque chose
de plus individuel; l'idéal domine dans
la poésie moderne. Les formes finies
sont plus parfaites dans la littérature
ancienne, et ce caractère du génie des
anciens explique leurs succès dans les
arts plastiques et dans les arts du dessin;
il y a plus de tendance à l'infini dans la
littérature moderne. L'influence décisive de la religion chrétienne sur les esprits, suffiroit peut-être pour rendre
raison de ce phénomène. La vérité poétique frappe plus dans les poëtes anciens;
l'énergie poétique se rencontre peut-être
plus souvent dans les poëtes modernes.
Les premiers sacrifient plus à la beauté;
le sublime est le dieu des autres.

La réflexion suivante développera encore mieux ma pensée. Il est des genres de poésie où le poëte s'oublie et doit s'oublier lui-même, pour ne vivre que dans le monde des objets que son pinceau nous retrace; moins il se montre, et plus son ouvrage est admirable, plus l'auteur s'efface, plus il est parfait. Ce mouvement de l'ame qui la porte en avant, et qui dirige les sens et l'imagination sur le monde des objets, est le premier et le plus naturel. C'est celui auquel la plupart des grands poëtes anciens, et de ceux d'entre les modernes qui méritent d'être rangés avec eux, se sont abandonnés dans les heures de la verve et de l'inspiration, et il les a conduits sûrement au but. Aussi ont-ils surtout excellé dans les genres de poésie où ce point de vue est le seul véritable, comme dans la poésie épique et dans la poésie dramatique.

Il est d'autres genres de poésie, où le

poëte paroît, se montre, parle lui-même,
vit plus dans le monde de ses sentimens
et de ses idées, et rapporte tous les objets à l'impression plus ou moins forte,
plus ou moins profonde qu'ils font sur
lui. Ce mouvement rétrograde de l'ame
qui fait qu'elle se replie sur elle-même,
empêche que le poëte ne réfléchisse et
ne peigne les objets comme une glace fidèle. Alors les objets qu'il crée ou ceux
qu'il recueille par l'observation, ne sont
plus pour lui que des occasions de développer et de peindre ses propres idées
et ses propres sentimens. Les poëtes modernes se placent souvent dans ce point
de vue, et de là vient qu'ils réussissent
éminemment dans la poésie lyrique,
élégiaque, didactique, à laquelle ce
point de vue est le plus favorable. Dans
la marche du développement de l'esprit
humain, le premier genre doit précéder
l'autre. L'enfant déploye son activité de
préférence au-dehors, et les nations,
dans leur jeunesse, existent de préfé-

rence dans les objets de la nature et de
la société. L'homme fait ramène son
attention sur lui-même; les nations mû-
ries ou vieillies par la réflexion aiment
le monde intérieur de la pensée. Aussi
Virgile a-t-il ce caractère plus qu'Homère, Euripide plus qu'Eschyle, le
Tasse plus que l'Arioste, et Voltaire
plus que Racine. Heureuse l'époque qui
réuniroit les deux manières de peindre
ou les deux points de vue, et où l'idéal
et la plus haute individualité se réuni-
roient dans la perfection de l'un et de
l'autre.

Notre siècle ne paroît pas donner à
cet égard de grandes espérances. Il y
en a eu peu de moins poétiques, et
c'est ce qui explique peut-être et ses
torts et ses malheurs. Sur le grand théâtre politique des sociétés humaines, il
doit y avoir une poésie d'action, sans
laquelle ce théâtre languit et ne présente que des tragédies monstrueuses ou

de pitoyables farces. C'est cette poésie
d'action que tous les grands hommes ont
portée dans leur vie, et dans la sphère
de leur activité, qui a fait de leurs actions le spectacle le plus intéressant et
le plus sublime. Ce qui fait l'essence de
la haute poésie fait aussi l'essence des
grands caractères, c'est l'empire des
idées ou de l'idéal. Comme les artistes
de génie expriment une idée sous des
traits individuels et sous des formes sensibles, les grands caractères réalisent
une idée dans toute la suite de leurs
actions, leur donnent ainsi un intérêt
poétique, et entretiennent dans le monde
moral le mouvement et la fraîcheur.
Quiconque manque d'une certaine poésie dans l'ame ne donnera jamais à sa
vie, quelque bien calculée et quelque
heureuse qu'elle soit, de la véritable
grandeur. Sa vie n'aura d'autre mérite
que celui d'un tableau de Gérard Dow,
la perfection d'une nature commune,
et lui-même, aux yeux de la postérité,

ne sera jamais qu'un homme ordinaire.
Heureusement pour l'honneur de l'espèce humaine, que même dans les périodes qu'on pourroit appeler à juste
titre les déserts de l'histoire, on rencontre de distance en distance quelques-uns de ces caractères grands et
poétiques, de ces ames fortes et pures
qui ne vivent pas pour des besoins ni
pour des intérêts personnels, et qui
s'élèvent au-dessus des ruines de leurs
siècles, majestueux et superbes, comme
les colonnes de Palmyre qui sont encore debout au milieu des déserts de
la Syrie.

ESSAI

SUR LA

PHILOSOPHIE DE CARACTÈRE

ET

SUR TACITE.

ESSAI

SUR LA

PHILOSOPHIE DE CARACTÈRE

ET

SUR TACITE.

La philosophie des historiens doit con-
sister dans la connoissance des hommes,
bien plus que dans celle de l'homme
abstrait et métaphysique, dans le récit
vivant et animé des actions, bien plus
que dans une froide analyse des actions,
dans des idées simples, saines, lumi-
neuses sur la nature, l'origine et le but
des sociétés politiques, bien plus que
dans des théories transcendantes sur le
contrat social et le mécanisme des gouvernemens. On le sait, mais on ignore
ou plutôt on oublie que c'est de l'ame

bien plus que de la tête que doit sortir
la philosophie de l'historien, et qu'il
doit avoir à un degré éminent la philosophie du caractère, c'est-à-dire, un
sentiment vif et profond de la liberté et
de la dignité de la nature humaine.

Avec la philosophie de l'esprit on
peut être un habile anatomiste du cœur
humain; avec la philosophie du caractère, on est un grand artiste; or il ne
s'agit pas ici dans l'histoire de disséquer
les personnages illustres et d'en faire
ensuite des squelettes et des momies,
mais d'enfanter des créations vivantes,
et de reproduire la physionomie morale, comme les sculpteurs reproduisent les traits.

Il y a trois manières différentes de
présenter dans l'histoire les actions humaines; on les rapproche de leurs causes
et de leurs motifs, alors on les explique;
ou on les suit dans leurs effets, fussent-

ils indirects et éloignés, alors on les développe ; ou on les considère en elles-mêmes sous le rapport de leur rectitude, alors on les juge.

Les historiens qui se proposent avant tout d'expliquer les actions, et de les faire comprendre, en révélant le mystère de leur génération, anéantissent, en quelque sorte, la liberté, et font de toutes les actions des événemens ; les historiens qui suivent les actions humaines jusques dans leurs dernières ramifications et leurs conséquences les plus éloignées, attribuent à la liberté ce qui ne lui appartient pas et ce qui ne dépend pas d'elle, et ils font des événemens de véritables actions. Les premiers introduisent dans le tableau de l'activité humaine une espèce de destin ; les seconds mettent l'homme à la place de la providence.

Analyser les motifs des actions jusques

dans les principes les plus secrets et présenter l'histoire sous ce point de vue, c'est l'écrire avec sa raison seule; la raison ne cherche jamais que des causes. Suivre les actions dans leurs résultats les plus éloignés et ne tenir compte que du bien et du mal qu'elles ont faits, c'est écrire l'histoire avec l'esprit de calcul et une sorte d'égoïsme. Examiner, juger, décrire les actions sous leurs rapports avec la liberté et avec la loi, c'est écrire l'histoire avec son ame toute entière, et faire preuve de philosophie de caractère.

Qu'est-ce que décrire et raconter les actions sous leurs rapports avec la liberté? Cette idée exige des développemens.

La dignité de la nature humaine se fonde toute entière sur la liberté morale; la liberté morale est le pouvoir d'obéir à la loi dans toutes les circons-

tances, le pouvoir de commencer une
série d'actions malgré toutes les causes
et tous les motifs qui semblent amener
nécessairement une série tout-à-fait différente. Présenter les actions sous leurs
rapports avec la liberté, c'est partir du
principe que les actions de l'homme
lui appartiennent toujours, et qu'il est
toujours le maître de les éviter ou de
les faire.

Quand on se borne dans l'histoire à expliquer les actions, on dégrade l'homme;
il devient un instrument passif, une
partie intégrante de la nature, et la liberté s'évanouit. Alors on fait abstraction de la puissance que l'homme auroit
eue de faire le contraire de ce qu'il a
fait, et il semble qu'il n'ait pas pu faire
autrement. C'est ce qui arrive infailli-
blement, quand on remonte trop haut
dans la filiation ou la généalogie des
actions humaines. Du moment où l'on
insiste sur l'empire des circonstances

étrangères à l'homme et où l'on ramène
tout à l'organisation, aux impressions
de la première enfance, à l'éducation,
aux causes physiques, ou que, décom-
posant les motifs, on place sur la même
ligne l'élément principal et les élémens
subordonnés, les actions paroissent toutes ensemble graciables ou indifférentes;
les hommes sont à-peu-près égaux en
mérite, ou plutôt toute idée de mérite
s'évanouit, il n'y a plus de liberté dans
les actions; il n'y a plus d'autre différence entre les individus que celle qu'il
y a entre un caillou et un diamant,
entre un arbre sain et un arbre malade.
Dès lors, l'histoire des peuples devient
une branche de l'histoire naturelle;
l'histoire n'est plus le grand et magnifique tableau de la liberté luttant contre
la nécessité de la nature, et toujours
encore capable de triompher de tout
dans le moment même où elle succombe;
l'histoire n'est plus que le développement de la chaîne immuable et éter-

nelle qui embrasse les actions intelligentes comme les actions aveugles. Sous ce point de vue l'histoire paroît gagner en profondeur et en unité, mais elle perd du côté de la majesté et de la grandeur.

Sans doute, indépendamment des motifs qui les produisent, les actions humaines ne sont que des anneaux détachés et ne forment pas un tout. Si l'histoire les présentoit de cette manière, elle ne seroit pas une science, car toute science suppose la liaison et l'enchaînement des parties qui la composent. On peut, on doit même lier les effets avec les causes, les actions avec leurs motifs; mais on ne doit pas oublier que les actions humaines ne forment pas, comme les faits de la nature, une chaîne non interrompue. On doit donc faire sentir au lecteur que la liberté rompt sans cesse cette chaîne ou qu'elle peut du moins toujours la rompre et commencer une nouvelle série d'actions. On doit tenir compte des motifs, mais toujours dans leurs rapports avec la liberté. Tantôt ils deviennent des motifs, parce que la liberté le veut, et leur donne de la force en les sanctionnant; tantôt les motifs agissent comme les poids dans les bassins de la balance, parce que la liberté est muette, inactive, sans énergie. Cependant elle peut même alors sortir de sa léthargie et reprendre du ressort. Enfin malgré la force et la prépondérance apparente des motifs, la liberté, parce qu'elle le veut, et qu'elle est la liberté, agit dans un sens directement opposé, et se débarrasse de ses chaînes.

C'est de cette manière que l'histoire doit nous présenter les hommes. Le véritable point de vue dans lequel il faut placer l'humanité, c'est celui d'un antagonisme continuel entre la liberté et la nature. La vie de l'homme se passe dans la chaîne universelle des causes ou hors

d'elles : cède-t-il à l'action des causes ou
des motifs, il n'est plus qu'une partie
intégrante de la nature; il prend les fers
qu'elle met à tous les êtres qui lui sont
soumis. Mais l'homme est encore libre,
lors même qu'il est esclave; car il peut
cesser de l'être d'un moment à l'autre.
Se refuse-t-il à l'influence de toutes les
causes et de tous les principes d'action
différens de la liberté, il rompt avec la
nature; mais sa plus grande liberté est
toujours encore voisine de l'esclavage,
car il peut y retomber d'un moment à
l'autre. Le pouvoir que la nature exerce
sur lui explique ses actions; le pouvoir
qu'il peut exercer sur la nature et contre
elle, justifie ou condamne ses actions.

Ainsi l'histoire doit principalement
nous offrir les actions humaines dans
leurs rapports avec la liberté et avec la
loi; elle doit les juger, et si elle se contente de les expliquer, elle perd sa dignité en enlevant à l'homme la sienne.

Après ce que nous venons de dire, il
seroit inutile de s'arrêter à prouver que
l'histoire ne doit pas juger les actions
humaines par leurs suites. Ce seroit
écrire l'histoire de la Providence, et
non celle de la liberté, que de tracer
uniquement, sous le nom d'histoire des
hommes, le tableau des suites et des effets des actions humaines. Etablir comme
la règle des jugemens que nous portons
sur les actions et sur les hommes les
suites des actions, c'est poser en principe qu'il n'y a point de règle fixe des
jugemens, et qu'on peut porter des
hommes, avec une égale vérité, des jugemens contradictoires. La postérité de
chaque action est innombrable, et l'on
ne sait où se placer pour solder ce
compte. Aussi peu qu'un homme est
responsable des torts et des vices de ses
descendans après quelques siècles, aussi
peu l'est-il des suites indirectes et éloignées de ses actions. Chaque homme ne
répond que de ses enfans. La seule par-

tie de l'avenir qui appartienne à l'homme, qui puisse lui être imputée, et qui soit véritablement son ouvrage, c'est celle qu'il a pu prévoir, vouloir et amener.

Le seul rôle qui convienne à la majesté de l'histoire, le seul qui puisse lui conserver sa magistrature sainte et nécessaire, c'est de juger les actions en elles-mêmes, et de les rapprocher toujours des éternels principes du juste. Sans négliger tout-à-fait l'arbre généalogique des actions humaines, soit en ligne ascendante, soit en ligne descendante, l'histoire ne doit pas s'attacher exclusivement à l'analyse des motifs ou à la recherche des suites des actions, de crainte de rencontrer dans ses recherches le destin et le hasard; mais elle doit s'arrêter de préférence au mérite intrinsèque des actions et des hommes, et les traiter en enfans de la liberté.

Alors seulement l'histoire est ce qu'elle

doit être, la conscience de l'espèce humaine, le cri de bénédiction ou de malédiction que chaque génération envoie à celles qui l'ont précédée, un tribunal imposant et sacré fermé aux vains sophismes de l'esprit et du cœur, un tribunal devant lequel on ne sauroit en appeler à des motifs ignorés ou obscurs pour légitimer des actions de lèze-humanité, et qui doit être inaccessible à la corruption qu'exercent sur une ame sensible les suites heureuses d'une action.

Si l'histoire avoit toujours été fidèle à cette sublime destination, il n'y auroit pas eu dans le monde politique tant d'illustres coupables.

Je nomme cette philosophie, philosophie du caractère, parce que c'est la hauteur et la force du caractère qui donne et qui inspire cette philosophie. Ce n'est pas la philosophie des livres qui en donne

au caractère. Le génie trouve les règles
du beau par un instinct heureux, tandis
que jamais les règles n'ont donné à personne une étincelle de génie.

C'est la philosophie du caractère qui
a manqué à tant d'historiens, sophistes
ingénieux ou calculateurs habiles, au
lieu d'être des juges sévères et inflexibles.
Les historiens anciens possédoient ce
don précieux à un plus haut degré que
la plupart des historiens modernes. C'est
que la plupart des historiens anciens
étoient plus purs et plus sévères que
nous sur l'article de la liberté des nations, et n'employoient pas leur raison
à renier leur sentiment. D'ailleurs, ils
avoient plus de génie que d'esprit : or,
le génie voit et saisit les masses; l'esprit
subtilise sur les détails et sur les incon-
nues morales, calcule volontiers, et calcule bien. De-là vient que la lecture de
l'histoire ancienne trempe les ames,
lorsque trop souvent l'histoire moderne

les détrempe ou les fausse. Les progrès
de la psychologie, dans ces derniers
temps, ont nui à la morale. Plus on explique les actions, plus on les rend nécessaires ou indifférentes. On explique
et l'on développe si bien aujourd'hui
les actions et leurs suites, qu'on ne s'in-
digne plus de rien, et qu'on admire tout.
Tel ancien auroit frémi de colère ou souri
de pitié en voyant tel historien moderne
construire arbitrairement son héros, et
lui imputer, pour l'absoudre, le travail
des siècles.

Tacite avoit au plus haut degré cette
philosophie de caractère qui suppose
toujours une ame indépendante, pure
et forte. Elle respire dans chaque ligne
de ses immortels écrits, et ses écrits con-
firment ce que nous savons de son histoire, et pourroient, au besoin, y sup-
pléer, tant ses ouvrages portent l'empreinte de ses principes, de ses sentimens et de ses mœurs. Sa politique ne-

consiste pas dans une théorie ambitieu-
se, composée de maigres abstractions,
mais en maximes générales, simples, lu-
mineuses, qui, prises de la réalité, vont
s'appliquer sans effort au monde réel,
et toujours, dans leur application, il tient
compte des résistances et de la diversité
infinie des circonstances et des localités.
Les caractères qu'il trace d'une main
ferme et sûre, ne sont autre chose que
le résultat du rapprochement des actions
et des faits. S'il donne au vice des raffinemens et au crime de la profondeur, il
ne faut pas oublier qu'il n'a pas été assez
heureux pour peindre les beaux temps
de la république. Dans un siècle tel que
le sien, où la pourriture des mœurs générales et la lâcheté du cœur se trou-
voient unies au développement de l'esprit et aux progrès de la culture, les
vices et les crimes prennent toujours
les traits effrayans ou hideux que Tacite
leur a donnés. S'il ne croit pas facilement le bien, il ne croit pas non plus

facilement le mal. Le chef-d'œuvre de
l'impartialité est de faire ce qu'il a fait,
de relever les bonnes qualités d'un Tibère, et de ne pas déguiser les foiblesses
et les défauts d'un Agricola; car l'indignation et l'admiration rendent ces deux
tâches également difficiles. Son style
porte l'empreinte de son âme, et cette
âme étoit saine, sensible, courageuse,
élevée. Ses affections et ses idées étoient
profondes, et donnoient à ses expressions cette obscurité apparente qui est
inséparable de la profondeur, et que ne
connoissent pas ceux qui, étant tout en
superficie, présentent toujours une surface éclairée. Jamais il ne descend au
dessous de la majesté de l'historien; il
respecte trop l'humanité pour faire de
ses malheurs et de ses fautes l'objet d'une
parodie; il peut s'indigner contre les
hommes, il est quelquefois forcé de les
mépriser; il ne sait pas s'égayer à leurs
dépens, ni se moquer d'eux. Au-dessus
de l'esprit, il ne s'abaisse pas jusqu'à des

pensées purement spirituelles; toutes ses
pensées ont la couleur de son caractère,
et il y a de l'ame jusque dans sa finesse.
Son style est à lui, parce que son style
est lui tout entier. Ce qui seroit peut-
être affecté dans un autre, lui est naturel; les expressions qu'il trouve et qu'il
amène ne sont pas toujours également
bonnes, mais du moins il ne les cherche
pas, elles se présentent à lui d'elles-
mêmes. Peut-être son ton est-il toujours trop soutenu, trop sentencieux, et
pêche-t-il par une certaine uniformité
de perfection qui exclut la variété des
tournures et des mouvemens; mais ce
défaut est graciable, et suppose un mérite supérieur. On peut répondre à
ceux qui le lui reprochent et qui élèvent d'autres historiens à ses dépens,
ce que demandoit un ambassadeur de
France du temps de Henri IV au mi-
nistre d'une autre cour : Votre maître
est-il assez grand pour avoir des foiblesses?

Nous ne dirons pas que Tacite soit le premier des historiens, car il y a peut-être des parties de l'art que d'autres ont possédées à un degré supérieur; mais nous dirons, avec vérité, qu'il est un historien unique dans son genre, parce qu'il a porté à la fois dans l'histoire un génie profond, un grand caractère, une ame sensible et forte, comme personne avant lui ni après lui, et que ses moindres expressions nous révèlent cette composition admirable, et en sont en quelque sorte le divin reflet. On ne doit pas le prendre pour modèle, car son mérite consiste dans l'originalité, et il seroit un peu contradictoire de vouloir être original en imitant l'originalité. Si la nature qui se répète rarement, surtout dans ses ouvrages d'élite, reproduit une fois un Tacite dans le cours des siècles, cet homme sera le seul qui aura les mêmes beautés que l'historien latin; mais il les auroit eues, quand même l'historien latin n'auroit jamais existé. Hors de là

plus on voudra l'imiter, et moins on lui
ressemblera. Peut-être faudroit-il encore
que ce second Tacite vécût, comme le
premier, dans un second empire romain,
où l'on se rappelât la liberté, et où l'on
souffrît la servitude, où, à côté du spectacle de la dégradation générale, vins-
sent se placer d'illustres souvenirs, et
où il ne restât de l'ancienne grandeur
que la grandeur de toutes les dimensions
et la prodigieuse étendue de l'empire. Il
faudroit encore que ce second Tacite,
après avoir passé son enfance et sa première jeunesse au milieu des guerres
civiles, où, sous les enseignes d'Othon et
de Vitellius, les Romains se battoient
contre les Romains pour savoir lequel
des deux partis donneroit à Rome le
plus méchant maître ; après avoir respiré
un air plus libre et plus pur sous Vespa-
sien et sous Titus ; après avoir observé la
tyrannie de Domitien, et en avoir supporté le poids avec toute l'indignation
d'un vrai républicain, écrivît, pour l'ins-

truction et l'effroi des générations futures, l'histoire de Tibère et de Néron,
sous le règne consolateur des Nerva et
des Trajan.

On ne sauroit le nier; toutes ces circonstances ont contribué à produire et
à former Tacite. Changez les circonstances; donnez-lui un autre sujet; faites-
le naître à une époque différente; qu'il
vive ou qu'il écrive sous d'autres empe-
reurs romains, et il ne sera plus le même,
et il n'aura plus au même degré cette
vigueur de style et de pensées, ce calme
réfléchi d'un esprit qui a jugé toutes
les situations de la vie humaine et qui
se sent au-dessus de toutes; cette sainte
haine contre l'injustice et la bassesse;
cette pitié généreuse pour les opprimés;
cette teinte d'une tristesse vraiment sublime qui ne tient à rien de personnel,
et qui annonce une ame solitaire et recueillie, long-temps occupée de la méditation des choses humaines, enfin tout

ce qui fait de Tacite le manuel du malheur, le livre chéri de tous les infortu-
nés qui n'ont éprouvé aucun revers particulier, ou qui sont indifférens à leurs
propres revers, mais qui sont condamnés à être témoins de calamités publiques et générales. Certes, si toute ame,
pour peu qu'elle vaille quelque chose,
a plus de valeur réelle dans le malheur
que dans la prospérité, parce qu'elle y
a plus de force et de vie intérieure, le
plus bel éloge que l'on puisse faire d'un
historien, est de dire que les ames de
cette trempe le cherchent, le désirent,
se confondent avec lui; car c'est dire
qu'il est l'ami et le consolateur des ames
d'élite dans les momens où elles se sur-
passent elles-mêmes.

Rien de moins étonnant. Cette fortune de Tacite s'explique par la philosophie de son caractère, dont tous ses
ouvrages portent le sceau. On y voit
un homme irréprochable, fier sans or-

gueil, modeste avec dignité, sévère pour
les autres et pour lui-même, **passionné**
pour la beauté intellectuelle et morale,
qui sait concilier l'amour de la liberté
et le respect pour l'autorité établie, qui
ne craint rien, et cependant ne brave
rien sans nécessité et sans fruit, et qui
vit avec les grands sans les rechercher
et sans les flatter. Au-dessus de la plupart des besoins, des intérêts et des petites considérations qui retrécissent la
pensée, il exerce la noble profession de
censeur du passé avec autant de courage
que de modération; il appelle les choses
et les actions par leur véritable nom;
le crime réfléchi le révolte; la corruption le dégoûte; toute espèce de bassesse et de lâcheté lui inspire un profond
mépris; mais il n'est pas étranger à l'in-
dulgence, et l'on sent, en le lisant, que
l'ami de Pline le jeune et de Trajan ne
manquoit pas de bonté. Aussi l'aime-t-on
pour le moins autant qu'on l'admire:
l'amour de la liberté et de la vertu fait

chérir Tacite, et l'étude de Tacite fait
chérir la liberté et la vertu; sa lecture
fortifie l'ame et l'attendrit en même
temps. Au milieu de la dégradation
générale dont il vous offre l'effrayant tableau, il vous en présente le correctif
dans son propre caractère; il vous prouve
qu'il a sauvé le feu sacré; on se réjouit
d'avoir trouvé un homme de bien dans
la plus sublime acception de ce mot.
On se sent meilleur en vivant avec lui;
sa grandeur morale vous affecte d'autant plus délicieusement, qu'autour de
lui tout est avili; seul il a échappé à
l'inondation générale. Il excite une joie
mêlée d'étonnement, comme les pal-
miers qui s'élèvent vigoureux et superbes
au milieu des oases du désert; en les
voyant, le voyageur s'écrie : la nature
vit encore, et en lisant Tacite, on se
pénètre de l'idée que, s'il y a dans le
monde moral un fonds de corruption
et de foiblesse invincible à la liberté et
à la dignité de la nature humaine, il y

a aussi une liberté et une dignité dans
la nature humaine, invincibles aux progrès de la corruption et de la foiblesse.

Cette haute vertu de Tacite, luttant
contre la dépravation générale, et se
faisant jour au milieu des ténèbres qui
l'enveloppent; ce mélange de force et
de sensibilité qui partage toujours son
ame entre la tristesse que lui donne le
spectacle du vice et la sérénité que lui
rendent des principes invariables et éternels, expliquent, mieux que tout le reste,
un caractère particulier de son style ;
c'est une teinte rembrunie et sombre qui
est répandue sur tous ses écrits, une
espèce de clair-obscur et de lointain qui
ajoute beaucoup à l'effet de ses tableaux.

Ce clair-obscur du style consiste dans
l'infini de l'expression, c'est-à-dire, dans
le choix de termes qui, à côté de l'idée
principale qu'ils expriment, réveillent
dans l'ame une foule d'idées accessoires.

Elles agissent sur l'imagination du lecteur, comme agissent sur l'imagination
les vagues de la mer, qui sont placées
sur les bords de notre horison; les sens
ne les aperçoivent pas distinctement,
mais ils les pressentent, les soupçon-
nent, et de ces idées confuses résulte
une impression de grandeur et de majesté.

En fait de style, les idées accessoires
qui se groupent autour de l'idée principale, se montrent aussi à nous dans
un demi-jour, dans une espèce de vague
et de lointain, et les idées de ce genre
répandent sur le style de Tacite un
charme ineffable. Elles ne nuisent point
chez lui à la précision; son expression
est toujours déterminée, et donne à
l'objet un sentiment, à l'idée qu'il nous
présente des traits prononcés et caractéristiques, mais en même temps elle a
quelque chose de vague qui ouvre à
l'imagination une vaste perspective.

Ces idées accessoires sont sans doute des idées confuses, mais elles n'en sont pas moins réelles ; ce ne sont pas des idées dont nous ayons la conscience réfléchie, et cependant nous les apercevons. C'est leur demi-obscurité qui, les laissant dans le vague, permet qu'elles nous donnent le sentiment de l'infini ; si elles étoient claires, nous apercevrions leurs limites distinctes, leurs élémens, et le charme disparoîtroit.

On ne sauroit mieux peindre ce caractère du style de Tacite, comme l'a fait la Bletterie, qu'en lui appliquant ce qu'il dit lui-même de Poppée, l'épouse de Néron : *Velata parte oris, ne satiaret adspectum vel quia sic decebat.* Au fond cet artifice de Poppée est un des secrets que la nature emploie pour nous plaire. Elle ne se montre à nous que dans un demi-jour, et les plaisirs de l'ignorance se mêlent pour nous à ceux de la science. C'est encore le secret des arts, qui ne

font sur nous des impressions profondes.
qu'autant qu'ils nous font pressentir
plus d'idées et de beautés qu'ils n'en
montrent et n'en révèlent, et qui donnent ainsi l'éveil à l'imagination.

Si ce don est nécessaire à tous les artistes, et même à ceux qui peuvent et
doivent achever leurs tableaux, il l'est
surtout à l'historien qui peut rarement
donner à ses tableaux le plus haut degré d'individualité, parce que les faits
lui manquent. Il faut donc qu'il ait l'art
d'employer des expressions à la fois précises par leur objet et vagues par leur
étendue, qui fassent penser, sentir ou
rêver le lecteur, et qui ouvrent à ses
yeux un vaste lointain, ou lui révèlent
la profondeur d'un abyme. Sous ce rapport encore Tacite est un grand maître,
et il possède ce talent plus que personne.

Il est certain que cette magie du clair-

obscur, dont Tacite abuse peut-être
quelquefois, lui donne quelque chose
de sérieux, de triste et de sombre, dans
les momens même où la nature de son
sujet semble inviter son ame à une parfaite sérénité. Mais tout ce qui est fort,
grand, sublime, tout ce qui nous donne
le sentiment de l'infini est accompa-
gné d'une sorte de tristesse; c'est la couleur de la vie, de la pensée, de toutes
les affections profondes. Elle pleure
en souriant [1], dit Homère dans ce divin
morceau où il peint toutes les délica-
tesses de l'amour dans le groupe admirable d'Hector, d'Andromaque et d'As-
tyanax. C'est l'expression la plus heureuse, l'emblême le plus ingénieux et
le plus vrai de l'homme et de la nature
entière, telle qu'elle se révèle à notre
esprit et à notre cœur. C'est le reflet naturel de tous les objets dans une imagination sensible; car il y a dans tous les

---

[1] Δακρυοεν γελασασα.

objets quelque chose de triste et de doux, d'imparfait et de parfait, d'inconnu et de connu, de fini et d'infini, de mortel et d'immortel, qui doit produire ce sentiment indéfinissable.

RÉFLEXIONS

SUR LA DIFFÉRENCE

DE

LA POÉSIE ET DE L'ÉLOQUENCE.

RÉFLEXIONS

SUR LA DIFFÉRENCE

DE

LA POÉSIE ET DE L'ÉLOQUENCE.

L'univers se compose de deux mondes différens, du monde sensible et du monde intellectuel ; le premier est celui des formes, le second celui des idées.

Il y a entre ces deux mondes une action et une réaction continuelles. La pensée cherche dans la nature, et y trouve même sans les chercher, des expressions ou des types, et les objets de la nature réveillent tous involontairement en nous certaines pensées.

Ces deux mondes se pénètrent de manière, qu'on diroit que la pensée et le

sentiment ne sont que le sublimé du
monde des formes, et que le monde des
formes n'est que la pensée vivante et
sensible.

Cette attraction mutuelle qu'ils exercent l'un sur l'autre, tient aux liaisons
secrètes et mystérieuses que l'imagination établit entre toutes les idées; ces
liaisons d'imagination tiennent elles-
mêmes à des ressemblances primitives.
Qu'est-ce que ces ressemblances entre
des séries d'objets absolument différens?
Ces objets ne différeroient-ils l'un de
l'autre qu'en apparence, et les ressemblances seroient-elles par conséquent
tout-à-fait naturelles? Chaque être physique, chaque partie de la nature, seroit-elle une pensée vivante ou l'expression d'une pensée? Chaque pensée humaine tiendroit-elle par d'invisibles liens
aux êtres physiques et à la nature toute
entière? Les objets de la nature sont-ils
toujours les causes ou les occasions des

idées? Les idées dans leur plus grande
spiritualité ne participent-elles pas toujours du monde sensible où elles ont
pris leur source? Ne se ressentent-elles
pas toujours de leur origine, quelque
élaborées qu'elles soient par la réflexion,
et quelque délicate que soit la filière par
laquelle l'entendement les fait passer?

A quoi tient cette harmonie secrète,
qui fait que la nature sensible sert de
langage et de signe à ce que la pensée
a de plus subtil, et le sentiment de plus
délicat? Cette question sera encore long-
temps un problème, et l'on trouvera difficilement le mot de cette énigme; mais
le fait est incontestable ; il s'annonce
partout et produit les effets les plus sur-
prenans.

Toutes les parties de la nature, l'eau,
le sol, le ciel, les nuages, les arbres,
les plantes et les fleurs surtout, ont une
physionomie morale. Elles expriment

la joie ou la tristesse, le mouvement ou le repos, l'agitation ou le calme, l'obscurité ou l'éclat, l'orgueil ou l'humilité, la force ou la foiblesse, le sérieux ou la gaîté, l'ordre ou la négligence, et, en les exprimant, elles les inspirent.

Chaque plante, chaque animal a son caractère particulier; chaque site, chaque paysage a le sien; le rocher escarpé et aride, la colline verdoyante, le ruisseau rapide, et le lac immobile, l'arbre qui s'élance dans la nue, et l'arbre penché vers la terre, ne disent pas la même chose à l'ame. Il n'y a point d'état de cœur, point de situation d'esprit, point de génie, de quelque genre qu'il soit, régulier et beau, ou sauvage et sublime, qui ne trouve quelque chose d'analogue dans la nature; et les analogies sont si frappantes, que les parallèles et les comparaisons se présentent d'elles-mêmes. On pourroit placer les grands artistes et les grands poëtes dans un pay-

sage, ou dans un site qui seroit à l'unisson du ton et du genre de leurs ouvrages, et qui seroit fécond et cultivé ou
agreste et sauvage, mélancolique ou
riant, sombre ou gracieux, rêveur ou
bien ouvert, profond ou léger, hardi
ou timide et régulier, selon la différence
de leur génie, et ce rapprochement simple et naturel formeroit une harmonie
ravissante.

Cette analogie entre la nature et la
pensée, aperçue avec toutes ses nuances, et sentie dans tous ses détails par
les ames sensibles et délicates, constitue
la poésie de la nature, et c'est d'elle que
la nature emprunte son charme. Celui
qui ne voit dans la nature que les formes elles-mêmes, et qui ne les considère pas comme des emblêmes plus ou
moins expressifs des sentimens et des
idées du monde moral, ne goûte d'autre
plaisir, en les contemplant, que celui que
goûteroit le musicien en écoutant et

en saisissant les savans accords de l'harmonie. On sait que la mélodie rend seule
la musique touchante; or ce que j'appelle la poésie de la nature est la mélodie de la nature.

Ce sont ces affinités secrètes entre la
pensée et la matière, entre les sentimens
et la nature organisée, ou même la nature inanimée et brute, qui ont donné
naissance chez tous les peuples de la terre
au langage métaphysique. Il n'y a rien de
conventionnel dans les métaphores, dans
les tropes, ni en général dans les figures.

Aussi n'a-t-on jamais eu besoin de les
expliquer. La pensée a toujours naturellement appelé l'image; l'image s'étoit
déjà unie par des liens invisibles à la
pensée; il y avoit entre elles, dans les
profondeurs de l'ame, une espèce de
cryptogamie ou d'union secrète, avant
que l'union s'annonçât et éclatât dans
le langage.

Au fond, les métaphores et les figures forment seules la richesse, j'ai presque dit l'existence des langues. Les mots qu'on appelle des expressions propres, ne sont originairement que des expressions figurées, qu'on a affectées particulièrement à un objet ou à une idée. Et comment parler de ce qui est intellectuel et invisible, autrement qu'en choisissant dans le monde sensible, ou plutôt en y rencontrant des formes, des couleurs, des mouvemens, des sons, qui ressemblent, par un singulier hasard, à ce qui n'a ni forme, ni couleur, ni son, ni mouvement? Les langues ne se composent que de métaphores et de figures qui sont des expressions trouvées, plutôt que des expressions inventées.

La poésie et l'éloquence, les deux arts qui nous montrent la parole dans toute sa perfection et nous révèlent sa toute-puissance, doivent à cette harmonie de la pensée et de la nature leurs moyens, leurs succès, leurs effets brillans, et le pouvoir magique qu'elles ont déployé dans le monde. Graces à cette inexplicable harmonie, elles peuvent peindre, elles peuvent encore émouvoir.

La poésie et l'éloquence puisant leurs richesses dans la même source, semblent se rapprocher, se toucher, se confondre. Le langage poétique et le langage oratoire paroissent quelquefois être les mêmes, et se ressemblent souvent par leurs heureuses hardiesses, ou par les entraves salutaires que le goût met à leur essor. Cependant ces deux genres de composition et de langage ne peuvent et ne doivent pas se ressembler toujours. Souvent ce qui seroit audacieux dans un orateur, paroîtroit encore timide dans un poëte, et ce qui seroit élevé pour un poëte, paroîtroit gigantesque dans un orateur. Le sublime

désordre de Pindare seroit déplacé dans
Cicéron; la marche régulière et serrée
de Démosthènes, seroit un défaut dans
Homère et dans Virgile. Il faut par conséquent que la poésie et l'éloquence
diffèrent par leur objet, par leur but,
par les qualités et le genre de génie qu'elles supposent. Dans un essai précédent,
j'ai tâché d'analyser la nature de la poésie, je voudrois maintenant et carac-
riser l'éloquence et la distinguer de la
poésie.

Vous parler, Messieurs, de poésie et
d'éloquence, c'est honorer [1] Frédéric,
en honorant l'objet de son culte. La
poésie et l'éloquence ont été les génies
tutélaires de la vie de cet homme unique. Dès sa première jeunesse, il leur
rendit des hommages d'autant plus purs,
qu'ils étoient secrets et qu'il étoit forcé

[1] Ce morceau a été lu dans la séance publique de
l'Académie de Berlin, le 24 janvier, anniversaire
de la naissance de Frédéric.

de les ensevelir dans le mystère. Plus tard, au milieu des hasards d'une guerre de prodiges, elles marchèrent toujours à ses côtés; elles le consoloient de ses revers et même de ses triomphes, qui pour son ame sensible et humaine n'é-toient pas sans amertume. Au milieu de la belle et magnifique épopée qu'il jouoit sur le grand théâtre de l'Europe, il ne se reposoit pas de ses travaux dans le palais d'Armide, mais il se délassoit dans le pays des riantes fictions, et dans le sanctuaire de l'éloquence, et il eût volontiers préféré la gloire qu'elle dispense, à toutes les autres. Jusqu'à son dernier soupir, elles ont été ses compagnes fidèles, lui ont conservé, sous les glaces de l'âge, les feux de l'enthousiasme, et ont acquitté envers lui, par les douceurs qu'elles ont répandues sur son existence, la dette de la patrie et celle de l'humanité.

Entrons en matière.

Première différence dans leur objet.

La poésie est l'art de peindre un idéal quelconque sous des formes sensibles et individuelles. Plus l'idée est pure, dégagée de tout alliage, parfaite, infinie, plus les traits et les couleurs dont l'imagination la revêt, sont caractéristiques et appropriées à sa nature, plus l'ouvrage est achevé. Ainsi, le poëte doit d'abord saisir l'idée d'une passion, d'un sentiment, d'un objet quelconque dans sa plus haute généralité. Ce n'est pas la raison qui la lui présente, c'est l'imagination créatrice qui la produit. Puis le poëte tâche de révéler cette idée aux sens; et afin de la rendre sensible, il emprunte de la nature entière des formes frappantes et belles, des traits réguliers et expressifs, des couleurs vives et vraies. Il peint pour peindre, il ne sort pas de son ouvrage, il ne voit et ne veut que lui, il n'a pas d'autre but, et plus son tableau est fini jusques dans

les moindres détails, plus son ouvrage
est parfait, plus lui-même mérite le
nom d'artiste. C'est l'imagination qu'il
emploie pour frapper l'imagination; s'il
consulte le jugement et la raison, c'est
de crainte de les blesser; il n'a que des
attentions négatives pour ces deux facultés de l'ame. Son travail doit être jugé
ou considéré en lui-même, comme celui de tous les arts purs qui ne travaillent que pour le beau. Ce travail est
indépendant de tout ce qui existe; il est
son but à lui-même, et ne peut jamais
être envisagé comme moyen, sous peine
de dégrader l'art, ou du moins sans sortir de sa sphère et sans lui associer des
idées qui lui sont étrangères. On n'a
plus rien à demander à l'art, quand l'art
a produit un ouvrage qui réunit tous
les caractères de la beauté.

Au contraire, l'éloquence est l'art d'ac-
célérer et de renforcer le mouvement
de la raison, et d'assurer sa direction,

en lui associant celui de l'imagination et de la sensibilité. L'orateur a un but déterminé, et son ouvrage n'est jamais que le moyen de l'atteindre. Il veut produire un certain effet, et persuader un certain ordre de personnes, relativement à un objet donné. L'éloquence n'est donc pas un art pur, comme la poésie, la sculpture, la peinture ; c'est un art mixte, comme l'architecture, et le beau y est subordonné, ou du moins associé à l'utile. L'orateur s'adresse à la raison et à la sensibilité ; il veut à la fois convaincre l'une et entraîner l'autre. Comme l'imagination est toujours dans une liaison étroite avec la sensibilité, et qu'il faut frapper la première pour émouvoir la seconde, l'orateur doit peindre et employer les images et les figures ; mais il ne le veut jamais uniquement, il ne doit pas même le vouloir en première ligne. La nature de son sujet et de l'effet qu'il se propose de produire, déterminera le degré de vivacité, de force, d'étendue qu'il donnera à ses peintures, le nombre et la hardiesse de ses images. Quel que soit l'objet de son discours, on sent déjà que beaucoup de figures pourroient nuire à la clarté et à la transparence des idées ; que des comparaisons fréquentes et développées ralentiroient la rapidité de sa marche ; que l'intérêt qu'il prend au résultat de son travail lui interdit des tableaux achevés qui demanderoient trop de temps et supposeroient trop de loisir ; enfin que des digressions et des épisodes affoibliroient et relâcheroient la chaîne des raisonnemens.

Dans les arts plastiques ou les arts du dessin, l'expression doit être subordonnée à la beauté ; dans l'architecture, la beauté est subordonnée à l'utile ; que seroit un beau bâtiment qui ne répondroit pas à sa destination ? Dans la poésie, l'expression constitue la beauté ; bien peindre est le premier mérite. Dans l'éloquence ce mérite n'occupe que la se-

conde place; la première est toujours
réservée à la raison; dans l'éloquence,
la beauté et l'expression du style doivent être subordonnées à la vérité.

La raison toute pure, sans le feu de
l'imagination et de la sensibilité, ne
rendra jamais personne éloquent; les
conceptions les plus nettes, les idées les
mieux liées, les raisonnemens les plus
forts et les plus péremptoires ne produi-
ront jamais les effets de l'éloquence; un
esprit supérieur, mais froid, ne saisira
pas même les rapports auxquels tiennent
ces effets prodigieux. D'un autre côté,
la sensibilité seule et les mouvemens
qu'elle inspire ne constituent pas l'éloquence; la sensibilité reçoit l'impression
de certains rapports, mais elle ne peut
pas les apercevoir ni les comprendre;
c'est l'office exclusif du jugement et de
la raison.

La lumière de l'esprit éclaire sans

échauffer, la chaleur du cœur échauffe sans éclairer ; l'éloquence ne résulte que de la réunion de la chaleur et de la lumière ; elle suppose l'harmonie de la raison, de l'imagination et de la sensibilité qui seule peut produire à-la-fois la conviction et la persuasion.

Il y a deux sortes de vérités, ou plutôt il y a deux manières de saisir et de considérer la vérité, et leur union assure seule les effets de l'éloquence. Tantôt l'esprit saisit les rapports des idées entre elles et avec leurs objets ; la connoissance de ces rapports qui le conduit à la connoissance des qualités des êtres fait la base de ses jugemens. Il arrive par cette route à la conviction et la produit dans les autres. Tantôt l'esprit éclairé par le sentiment rapporte les idées à l'impression agréable ou douloureuse, qu'elles font sur la sensibilité. Quiconque saisit ces rapports et les présente avec force est seul capable de per-

suader; ou plutôt la réunion de ces
deux manières de voir peut seule enfanter l'éloquence. Sans la première, le
discours manquera de solidité et per-
suadera sans convaincre ; sans la seconde, il manquera d'ame et convaincra
sans persuader.

Saisir les rapports d'une idée, d'un
fait, ou d'une action avec la vérité,
c'est-à-dire, avec les principes, suffit
pour opérer la conviction ; saisir les rapports de l'objet dont il est question avec
les penchans, les intérêts, les passions
de celui à qui l'on parle, suffit pour le
persuader; saisir les rapports de l'objet,
d'abord avec la raison, puis avec la sensibilité, et employer l'imagination à prê-
ter à l'objet des formes et des couleurs
qui le rendent à-la-fois clair, précis et
brillant, c'est ce qu'il faut pour toucher,
émouvoir, entraîner. La justesse de l'esprit, la profondeur de la raison, la connoissance complète et entière d'une ma-

tière mettent en état de produire le premier effet; la connoissance des hommes,
l'adresse et l'habileté donnent ce qu'il
faut pour le second; le talent ou le génie
de l'éloquence est seul à l'unisson du
troisième.

Deuxième différence. Les facultés.

Qu'est-ce que le génie de l'éloquence?
Poussée à un haut degré de perfection,
l'éloquence suppose une réunion de qualités dont la nature est avare. Le philosophe doit avoir l'esprit d'attention,
d'observation, d'analyse, la sagacité et
la profondeur de la raison; le poëte
l'imagination forte, hardie, féconde, et
la sensibilité vive. L'orateur parfait doit
être à-la-fois philosophe et poëte; il doit
réunir la raison solide et lumineuse de
l'un, et l'imagination de l'autre; il faut
qu'il prouve et qu'il peigne; qu'il éclaire
et qu'il persuade. Il faut donc que toutes
ses facultés actives, riches, énergiques,
présentent un bel équilibre et une har-

monie ravissante; or il n'y a rien de plus
rare qu'une harmonie de ce genre.

C'est ce qui faisoit dire à Cicéron dans
son traité de l'orateur, que les grands
orateurs sont ce qu'il y a de plus rare
au monde, et qu'il y a eu plus de grands
hommes dans tous les autres genres que
dans celui-là. Il seroit injuste de mettre
ce jugement sur le compte de l'amour-
propre. L'histoire paroît prouver le fait.
On peut l'expliquer en partie par l'empire des circonstances, qui tantôt ont
favorisé l'éloquence, et tantôt l'ont em-
pêchée de naître et de se développer;
mais on peut aussi en trouver la raison
dans la nature même de l'éloquence, et
dans la réunion de talens et de qualités
qu'elle demande.

Trop de finesse d'esprit nuit à la justesse, trop d'étendue à la profondeur,
trop de profondeur à l'étendue; trop de
vivacité dans le jeu des combinaisons à

l'attention qui doit les examiner et les juger, trop d'attention à la vivacité et à l'abondance des combinaisons ; trop de sensibilité et de chaleur ôte à la lumière de l'intelligence sa pureté ; trop d'intelligence refroidit le foyer du sentiment ; trop d'ame empêche souvent de bien voir, trop peu d'ame empêche de saisir les rapports des idées avec le bonheur et le malheur des hommes. On voit par ce rapide aperçu que l'éloquence dans sa perfection supposant l'harmonie de toutes les facultés et de toutes les forces, les Démosthènes et les Cicérons doivent être des phénomènes aussi rares que brillans. Aristote plaçoit le devoir dans le milieu entre les extrêmes ; c'est bien plutôt la perfection de l'ame humaine qu'il faut y placer ; cette perfection doit tout rapprocher, tempérer, concilier, réunir, confondre ; c'est l'*aurea mediocritas* d'Horace, et l'on peut ajouter : *pauci quos œquus amavit Jupiter.....*

Troisième différence. Dans leurs inten-
tions et leurs motifs.

On n'a jamais demandé d'un poëte de
ne peindre que des scènes morales et de
ne chanter que le devoir et la vertu.
Quand des intentions morales se ren-
contrent dans un beau poëme ; c'est un
mérite de plus, mais on ne les exige pas
du poëte. Souvent encore des intentions
morales ajouteront à la beauté d'un poëme, (car le beau et l'honnête ont plus
d'un point de rapprochement et de res-
semblance,) mais un poëte vivant de
fictions et voulant en nourrir l'ame des
autres n'a pas besoin de la vérité pour
plaire, pour réussir, il n'a besoin que
d'imagination. Lui-même ne croit pas
à ses aimables mensonges, à ses douces
chimères ; l'artiste trahit même souvent
son secret par un léger souris qui lui
donne une grace piquante, et qui annonce qu'il s'amuse et qu'il veut amuser
les autres. On n'a jamais mis la convic-

tion, bien moins encore la vertu du
poëte, au nombre de ses moyens de
succès.

Au contraire, dans Cicéron, Caton
l'ancien dit positivement que l'orateur
doit être un homme de bien, *vir pro-
bus, discendi peritus*, et Cicéron adopte
cette idée. Tant pis pour notre siècle,
si elle paroît à ses yeux un paradoxe.
A la vérité l'expérience semble au premier coup-d'œil contredire l'arrêt de
l'orateur romain. Au sein des révolu-
tions politiques, on a vu des orateurs
distingués qui n'étoient ni des hommes
purs et irréprochables, ni des citoyens
désintéressés. Cependant il est un sens
dans lequel l'idée de Cicéron est parfaitement juste, quand même elle ne
seroit pas ce qu'elle est, un trait d'un
idéal. Le génie de l'éloquence ne suppose pas toujours de la vertu, mais il
suppose toujours le sentiment de la dignité et de la beauté de la vertu. Dans

le moment où l'orateur parle, il faut
qu'il aime l'honnête et le bon, s'il veut
le faire aimer aux autres, et si lui-même
ne paroît pas convaincu, il ne convaincra personne. Pour soulever des far-
deaux et pour remuer de sa place un
corps quelconque, il faut donner un
point d'appui au levier; veut-on ébran-
ler les esprits, le seul point d'appui,
sont des principes invariables. Il n'y a
point d'éloquence sans enthousiasme,
point d'enthousiasme sans idéal, point
d'idéal sans des idées éternelles de moralité et d'ordre. Tous les intérêts, dont
l'orateur est appelé à plaider la cause,
vont se rattacher à l'idée du devoir ou
à celle de l'infini. La liberté des peuples,
l'honneur national, l'indépendance politique, l'utilité générale, le bonheur
public, la punition du crime, le salut
de l'innocence, qu'est-ce autre chose
que des idées morales et des modifications des principes éternels de l'ordre
moral? Supposez un moment que cet

ordre n'existe pas, et ces grands objets
ne signifient plus rien : il ne vous reste
que l'intérêt personnel de l'individu,
intérêt isolé, souvent contraire à l'intérêt de tous les autres, le pur égoïsme;
et qui pourra, qui voudra s'échauffer
pour un objet de ce genre? L'ame ne
peut s'échauffer véritablement que pour
des intérêts grands et absolus, et hors
des principes éternels il n'y a rien de
grand, ni d'absolu dans le monde.

Malgré ce saint et religieux enthousiasme, les orateurs pourront souvent
paroître, par leurs actions, au-dessous
de leurs discours; mais il ne faut pas
oublier, sous peine d'être injuste, que
leurs ouvrages sont au-dessus de la réalité, et présentent la règle dans toute sa
pureté et dans toute sa perfection. Ce
seroit une injustice d'exiger de ceux qui
nous offrent l'idéal, de le réaliser; et
d'un autre côté, ce seroit un grand malheur si l'on n'offroit plus aux hommes

que la réalité. Comme l'homme n'est jamais tout ce qu'il peut et doit être, et que son essence consiste dans la perfectibilité, on doit toujours exiger de lui beaucoup au-delà du point auquel il est parvenu ; et même, afin qu'il fasse le nécessaire, il faut qu'on demande de lui le superflu. Il n'y a point d'excentricité ni d'exagération dans ces idées morales, à moins qu'on ne regarde comme excentrique tout ce qui n'est pas concentrique à la vie animale, et idéal tout ce qui suppose autre chose qu'un besoin.

Si l'on ne doit pas dégrader la nature humaine, ni l'estimer au-dessous d'elle-même pour relever tel homme en particulier, il ne faut pas non plus rabaisser injustement un individu, parce qu'il vous a présenté la nature humaine dans tout l'éclat de l'idéal, et qu'il en est lui-même bien éloigné. L'idéal n'est pas une règle, bien moins encore une mesure ; l'absolu ne peut jamais avoir les traits ni les caractères du relatif. D'ailleurs, la même force de sensibilité qui rend l'artiste capable de saisir l'idéal et de le peindre avec chaleur, peut aussi lui donner des passions qui s'embraseront au même foyer que l'enthousiasme, et l'entraîneront à des foiblesses qui feront son tourment, bien plus que sa honte.

Quatrième différence. Le principe du mouvement.

Dans l'éloquence, la sensibilité, sans être un pouvoir dominateur et sans exercer un empire exclusif sur l'ame, est le principe du mouvement. Chez le poëte, c'est l'imagination qui allume souvent la sensibilité ; c'est d'elle que part l'étincelle du génie. Chez l'orateur, c'est la sensibilité qui met l'imagination en jeu, qui l'anime, la vivifie, la féconde; le cœur seul rend éloquent; cet ancien apophthegme est d'une grande vérité.

Ce qui prouve que dans l'éloquence

le sentiment allume l'imagination, c'est
que la passion rend presque toujours
éloquent. Cela vient de ce qu'une passion quelconque concentre l'activité de
l'ame. L'objet de cette passion exerce
une forte attraction sur toutes les images, les idées, les sentimens qui ont avec
lui une affinité quelconque, fût-elle foible, indirecte, éloignée. C'est un germe
ou un noyau qui tire à lui toutes les
particules homogènes répandues dans
l'atmosphère, et qui les fait servir à son
développement. La passion dispose donc
en maître absolu de toutes les richesses
et de toutes les forces de l'imagination;
elle leur donne la direction qui lui convient, et elle paroît toute-puissante.

Quand on exerce l'éloquence comme
un art, et non par l'inspiration du besoin
et de l'intérêt propre, il n'est pas nécessaire d'avoir des passions; un caractère
passionné suffit pour faire réussir. Alors
on s'échauffe facilement pour les objets

qui le méritent, sans aucune espèce de retour personnel sur soi-même; alors on joint le calme de l'esprit à la chaleur de l'ame; l'on sait également juger la vérité des idées et la faire adopter aux autres.

Dans ce siècle glacé par le calcul et par l'égoïsme, les esprits froids calomnient volontiers les esprits passionnés, et les traitent d'esprits faux. Il y a des choses qui doivent passionner ceux qui les saisissent sous leurs véritables traits, et qui entretiennent leurs facultés intellectuelles dans un état de santé et d'harmonie. On les saisit mal et d'une manière incomplète, si on ne les saisit pas dans leurs rapports avec les grands intérêts de l'humanité, et il est impossible de les saisir de cette manière sans se passionner pour eux, à moins qu'on ne se soit échappé des mains de la nature avant qu'elle ait pu vous donner une étincelle du feu sacré.

Quiconque se passionnant pour des idées fausses, les soutient avec vivacité et avec chaleur, n'est pas un orateur, fût-il ému et réussît-il à émouvoir, car la vérité des idées est le premier élément de la véritable éloquence; mais il n'est pas non plus un déclamateur, car il peut prendre l'erreur pour la vérité, se persuader à lui-même et persuader aux autres qu'il ne se trompe pas. Le véritable déclamateur est l'hypocrite de conviction et de chaleur.

Il n'est pas de l'essence d'un caractère passionné de se passionner d'avance pour certaines idées et pour certains principes. L'éloquence doit toujours porter sur la base d'idées saines, bien réfléchies et mûrement examinées; mais il faut savoir se passionner pour des idées de ce genre, et que le travail de la réflexion développe la chaleur de l'ame. Cette chaleur est le principe fécondant et non le principe créateur; elle ne peut exercer son action que sur un germe où le plan général de l'ouvrage et toutes ses parties soient bien dessinés.

Les anciens, nos maîtres en poésie, le sont encore en éloquence. La parole écrite n'existoit pas autrefois pour le peuple; de-là la grande puissance et les prodigieux effets de la parole parlée. Au fond, la parole n'est véritablement la parole que lorsqu'elle est parlée. Alors la pensée employant trois signes différens, le mot, le ton et le geste, devient véritablement vivante; alors l'artiste et l'ouvrage se confondent, l'orateur et le discours s'identifient. L'orateur est le discours en action, le discours personnifié; du moment où l'on peut les distinguer et les séparer l'un de l'autre, le discours a déjà perdu une partie de son effet.

D'ailleurs, le goût et le talent de l'éloquence supposent des forces morales dans une nation, et d'un autre côté elles

les doublent et les multiplient. Aussi
l'éloquence n'a-t-elle pas survécu, dans
la Grèce ni à Rome, au caractère national, aux vertus civiques et aux formes politiques, qui, au défaut de la vraie
liberté, entretenoient du moins toujours
l'opinion que le peuple avoit de sa liberté. Quand la Grèce et Rome se dégradè-
rent au sein de la mollesse et de l'égoïsme, la puissance de la parole expira.
C'est que la même sève produit chez
un peuple l'éloquence et l'admiration
qu'elle mérite. C'est le même feu qui
brûle avec plus ou moins d'ardeur et
d'éclat dans certains hommes privilégiés
et dans la multitude, qui cède avec
plaisir à leur ascendant et leur rend
de justes hommages. Quand un peuple
n'est plus capable d'enthousiasme, il
n'enfante plus d'hommes qui soient dignes d'en inspirer. Alors il porte le sceau
et la peine de la médiocrité ; il place sa
gloire dans la critique du beau, bien
plus que dans le sentiment du beau ; il

cache sa nullité sous la froideur et le mépris; l'envie seroit encore une passion honorable et une bonne fortune pour lui comparativement à l'état où il se trouve.

Chez les nations arrivées à ce point de dégradation morale, les gouvernemens protégeront la poésie et les arts qui vivent de fictions et de mensonges, et craindront la hardiesse et la sévérité de l'éloquence. Les hommes pourront cultiver et encourager les sciences physiques qui leur donnent les moyens de maîtriser et d'employer à leur gré la nature; ils aimeront rarement les sciences morales qui rappellent l'homme à lui-même, à sa dignité, et à la conservation de la liberté de l'ame. L'éloquence est inséparable de cette liberté; elle est l'art de la chercher dans les profondeurs de l'ame, pour lui rendre la conscience d'elle-même; elle est l'art de l'éclairer, de la diriger, de la défendre, de la sauver. Jamais esclave n'a été un orateur, jamais un peuple d'esclaves n'a été sensible aux charmes de l'éloquence. Les formes républicaines ne sont pas nécessaires à ses progrès, mais il faut que l'esprit d'un gouvernement soit un esprit de liberté pour que l'éloquence prospère.

Dans les temps modernes il n'y a point de littérature plus riche en orateurs et surtout en écrivains éloquens que la littérature françoise. Les Anglois ont de grands modèles dans l'éloquence politique. L'illustre Chatham et surtout Burke qui, bien autant que Périclès, mérite le surnom d'Olympien, seront difficilement surpassés. Mais ce n'est là qu'un genre d'éloquence, et les François l'ont appliquée avec un égal succès à toutes les idées et à tous les sujets qui en sont susceptibles. La langue françoise se refuse souvent au vol de la haute poésie, dans le genre épique et lyrique; elle n'est pas

assez hardie, assez forte, assez riche,
assez variée; d'un autre côté, elle ne se
prête que difficilement aux spéculations
déliées, fines, subtiles de la métaphysique; mais elle est éminemment une
langue oratoire, et elle doit ce caractère
au génie même de la nation dont elle
porte l'empreinte, génie qui se compose
d'un certain mélange de raison, d'imagination et de sensibilité. Amalgame heureux où les extrêmes ont disparu, et où
les facultés de l'ame se contrebalancent,
se tempèrent, se corrigent, se perfec-
tionnent mutuellement!

Au contraire, la littérature allemande,
qui est à tant d'égards supérieure à la
littérature françoise, offre peu d'hommes
et d'écrivains éloquens, tandis qu'elle
présente des poëtes sublimes dans leur
originalité et de grands philosophes. En
Allemagne se trouvent au plus haut degré, mais isolément, une imagination
hardie, féconde, créatrice, et une raison

analytique, inquisitive, profonde; le mélange de ces facultés, dont l'admirable
réunion forme l'orateur, se rencontre
rarement. L'éloquence est bannie de la
plupart des ouvrages de philosophie morale, comme de la chaire et du barreau.
On diroit que les Allemands craignent
que la raison n'affoiblisse et n'entrave
l'imagination, et que l'imagination n'é-
gare la raison; ils veulent que chacune
d'elles fasse ses affaires séparément ;
toute communication entre elles prend
facilement à leurs yeux un caractère
alarmant, et leur fait craindre la conta-
gion.

Si la littérature françoise doit paroître
riche en écrivains éloquens, c'est dans
le siècle de Louis XIV qu'il faut aller
chercher ses richesses. La science a fait
des pas de géant dans l'empire de la nature depuis Louis XIV, mais ce fut dans
les jours brillans qu'il fit lever sur la
France que la puissance de la parole

enfanta des chefs-d'œuvre et des prodiges. Pascal, Fénélon, Bossuet, Malebranche, Massillon, La Bruyère ont parlé
et écrit sur les plus grands intérêts de
l'humanité, avec une perfection déses-
pérante pour leurs imitateurs, et avec
une gravité recueillie, religieuse, qu'on
chercheroit inutilement après eux, et
sans laquelle il n'y a point de véritable
éloquence. La dignité et le sérieux de
Louis XIV avoient donné du sérieux et
de la dignité à sa nation. La vie retirée
et silencieuse que menoient ces hommes
de génie, et sur-tout les principes et les
sentimens religieux dont ils étoient pé-
nétrés, avoient servi chez eux de correctif à la gaîté légère qui forme un trait
distinctif de l'esprit national. Cette gravité religieuse donne à leur style une
teinte de tristesse majestueuse qui ajoute
à l'effet de leurs ouvrages. Cette tristesse n'est pas celle de certains écrivains
plus modernes, qui résulte chez eux de
l'aridité de leur cœur et de la sécheresse

de leurs principes. Cette tristesse de style
de Pascal et de Bossuet n'est que le reflet naturel de l'infini sur des ames sensibles que la religion occupe, remplit,
absorbe; car tous ces grands hommes
étoient éminemment religieux.

La régence du duc d'Orléans, en préci-
pitant la nation françoise dans la licence
des idées, comme dans celle des mœurs,
a amené sous le règne de Louis XV,
la décadence du génie oratoire. Les
écrivains les plus éloquens de ce siècle,
tels que Rousseau et Buffon, quelque
admirables qu'ils soient, ne soutiennent
pas le parallèle avec les importans et
vénérables grands prêtres de l'éloquence
du règne précédent. Et cependant Rousseau avoit l'ame religieuse, quoiqu'il eût
quelquefois l'esprit incrédule, et Buffon,
toujours en présence de la nature immense, atterrante, inconnue, éprouvoit
involontairement l'action de l'intelli-

gence infinie. Une gravité antique et sou-
tenue qui annonce de l'ame, et qui est
profondément pénétrée de l'importance
et de la sainteté de son sujet, est seule as-
sortie aux intérêts éternels de l'humanité,
dont l'éloquence doit plaider la cause.
Tout ce qui est pur, élevé, divin dans
l'homme, est sérieux; la gaîté ne saisit
que le côté commun, trivial, prosaïque de
la vie humaine. Une ame sérieuse en saisit
seule le côté sublime, et le vrai sublime
est inséparable de la religion. Quelque
vaste et riant que soit le champ de la
science, il est toujours circonscrit; l'infini est le domaine de la religion. Il y
a de belles contrées où l'horizon est cou-
ronné par des montagnes qui bornent
la vue, mais qui par des échappées heureuses ouvrent à l'imagination une nouvelle sphère qu'elle parcourt sur ses aîles
de feu. De même aussi l'horizon de l'intelligence humaine est toujours borné par
les hauteurs de la religion, aux pieds

desquelles expirent la science et le travail de la pensée, mais elle nous ouvre
des perspectives immenses; et là commence l'infini pour l'imagination et pour
le cœur.

FIN DU PREMIER VOLUME.

DE L'IMPRIMERIE DE L. HAUSSMANN.

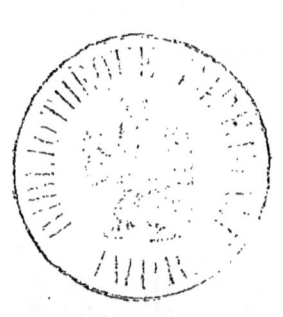